26
1A
30
GOLD 400-5
5A
24A

retrato de modelo

LISETTE GUERRA

retrato de modelo

L&PM EDITORES

ZERO HORA

dedicatória

Por mais solitário que seja o olhar de quem está atrás de uma câmera, a foto de moda só é possível graças ao esforço de uma equipe.

Se ao fotógrafo fica reservado o prazer do registro da imagem, ela só se transforma em beleza autêntica depois do empenho coletivo, aquele que lapida o que já é belo.

Seja na produção de um book, num trabalho publicitário ou na realização de um editorial, maquiadores, cabeleireiros, produtores, estilistas, editores, enfim, todos os profissionais que ficam longe do foco acabam se transformando em co-autores dos resultados conseguidos.

Com a mesma emoção vivenciada em cada imagem deste livro, dedico “Retrato de Modelo” a esses profissionais e, claro, a todos os modelos que tive o privilégio de fotografar. Todos, como eu, foram contagiados para sempre pelo glamour, em todas as suas formas e desafios, do mundo da moda.

Com minha mais sincera admiração, este livro é nosso.

Lisette Guerra

Luis Fernando Verissimo

Já se especulou que seja alguma coisa na água. Certamente tem a ver com o coquetel genético que nos formou. O fato é que algumas das mulheres mais bonitas do mundo são produzidas no Rio Grande do Sul. Estamos, mesmo, abastecendo o mundo. "Gaúcha" já é item importante na pauta de exportação do país.

Mas olha eu tratando mulher como *commodity*. É uma extensão de um velho hábito. No folclore gaúcho o homem domina a cena enquanto as prendas rodam a saia. A função da prenda é fazer um fundo bonito para as exibições dos narcisos de bombacha. Temos uma certa dificuldade em pensar nelas como algo mais do que complementos à nossa vaidade. Mas o adorno ganhou vida própria. Ser bonita virou profissão, rodar a saia está dando dinheiro e prestígio, e a mulher gaúcha brilha nas passarelas e nos estúdios internacionais como raramente brilhava nos centros de tradição. As prendas se agrandaram, tchê! E roubaram a cena.

A Lisette sabe há muito tempo que beleza não é *commodity* nem adorno. Por trás destas caras bonitas há personalidades, biografias, complicações, inteligências — enfim, gente. Não vamos cair naquela de dizer que só uma mulher poderia fotografar estas mulheres assim, o que seria outra forma de machismo. Mas só uma sensibilidade especial como a da Lisette captaria essa beleza humana atrás da beleza comercial. Está aí, a própria Lisette é outro exemplo do valor diferenciado da mulher gaúcha.

Talvez seja mesmo alguma coisa na água.

Luis Fernando Verissimo, jornalista e colunista do jornal *Zero Hora*

ÍNDICE

A autora em três versões

"A Lisette trabalha com as superfícies do humano, com roupas e artifícios e com a vestimenta mais reveladora, que é a própria pele. Em inglês se diz que a beleza é *skin deep*, tem só a profundidade da pele, mas Lisette subverte isso e faz com o superficial uma proposta profunda. O exterior nem sempre reflete a qualidade interior, mas a beleza, mesmo a beleza dos outros, reflete uma qualidade da espécie, um bom gosto natural que nos une, um ideal que nos consagra (com graça). Quase todos os modelos desta mostra são manequins ou modelos profissionais, mas aqui eles substituem o apelo utilitário da moda e da propaganda pelo simples prazer de serem vistos sendo apenas gente bonita. A pele em flor. Superfícies. Mas você pode quase sentir o calor."

Luis Fernando Verissimo, jornalista,
sobre a mostra "Brasil à Flor da Pele" — Nova York — EUA

"(...) Ela não fotografa, simplesmente. O que ela faz está muito além disso. Ela fotografa o que existe de mais lindo na alma das pessoas. E ainda valoriza o corpo. É como se brotassem somente as nossas qualidades no momento de apertar o botão. E isso não é apenas talento, é magia. Então as revelações vêm espontaneamente, simplesmente. O 'desrecato' é belo, as ousadias são suaves..."

Tânia Carvalho, apresentadora de TV,
sobre a mostra "Flash 90 — Meigo Desrecato"

"O melhor texto li na minha infância, nas paredes, nas pedras, dizia o poeta Paulo Mendes Campos numa das páginas luminosas do seu *Anjo Bêbado*. O texto nem sempre é feito de palavras escolhidas, laboriosamente organizadas para surpreender, encantar, quem sabe iludir. O melhor texto pode ser de imagens inesquecíveis que estão por aí, nas paredes, nas pedras. Escolher essas imagens, reconstruí-las, e até mesmo reinventá-las, tem sido o ofício de Lisette Guerra. Ela transforma o que poderia ser o retrato burocrático de um modelo na escritura de um instante. Por isso, na sombra de suas fotos, há um texto inesgotável. O texto das fotos de Lisette Guerra tem aquela estimulante característica de certas *cronache* italianas do século XIX, de muitas vezes chegar à fronteira do escândalo, sem ultrapassá-la, e sempre com uma visão elegante e requintada que a tudo redime (...)"

José Antônio Pinheiro Machado, jornalista,
sobre a mostra "TOPSUL" — Buenos Aires — Argentina

a

trama

Lisette Guerra

Passaram-se alguns anos, mais ou menos velozes, até que ficassem prontas todas as histórias que vêm a seguir. Foram construídas por seus respectivos protagonistas com uma característica comum. E eficientes a ponto de encantar até o mais distraído dos olhares. Essas histórias têm, no começo, no meio e no fim, a beleza como referência, como motivo de culto e admiração, como conseqüência de trabalho, como registro de requintes que a natureza cismou em exibir sobre corpos humanos.

Retrato de Modelo é, da primeira à última página, uma obra sobre o belo. Melhor ainda: seus personagens são reais e podem a qualquer momento aparecer no outdoor da esquina, na tela da TV, na revista que ainda se vai comprar ou, quem sabe, na próxima passarela onde eles vão surgir.

Antes de ser um pretensioso manual sobre padrões estéticos ou medidas exatas, este livro é um registro de muitos trabalhos. Começando pelo da fotógrafa Lisette Guerra, cujas trilhas profissionais andam repletas de gente bonita. E ela escreve sua história com argumentos imbatíveis: técnica, sensibilidade, talento, intuição e disciplina. Para testemunhar e a sua maneira participar também da carreira de alguns dos modelos mais requisitados hoje no milionário mercado da moda, dentro e fora do Brasil.

Não por outro motivo, Lisette escolheu a top model Shirley Mallmann, que hoje divide camarins com as modelos mais cobiçadas do planeta, para capa desta obra. Shirley teve seu primeiro book realizado sob as lentes de Lisette. Hoje cidadã do mundo, Shirley, a menina de uma pequena cidade do interior do Rio Grande do Sul, é o melhor eco de um movimento crescente e que, sem qualquer bairrismo à vista, garantiu ao mercado nacional de modelos um delicioso sotaque gaúcho.

Armação da natureza ou geografia das etnias, perguntarão alguns? Nem um, nem outro. Significa, antes de qualquer outra coisa, evidência de uma característica natural desse pedaço do Brasil. Daí, conhecedora de longa data do tema — e não satisfeita com tantas imagens —, Lisette foi entender o que significa afinal tanta gente bela. Gravador na mão, curiosidade na cabeça e desprendimento incomum, saiu entrevistando os belos jovens que já conhecera entre poses no estúdio.

Fez uma verdadeira investigação do agitado — e vaidoso — mundo da moda. No final, já tinha conversado com estrelas de todas as procedências, com editores de moda das principais revistas do país, com maquiadores famosos, com bookers das agências de modelos, com todos os personagens que movem esse universo.

Junto com o jornal *Zero Hora*, que possibilitou a edição deste livro, o projeto teve outras participações especiais, como as de todos os modelos entrevistados — que cederam o uso de suas imagens para a realização deste trabalho. O que vem a seguir é uma versão, glamourosa na essência, sobre uma das profissões que mais desperta fascínio neste fim de milênio.

É ainda uma história sem datas. Basicamente porque o mais distraído dos olhares vai brilhar um pouco mais depois de vistos, um a um, estes "retratos" feitos por Lisette.

Donas do fim do século

HÁ QUEM DIGA que as estrelas de cinema não são mais as mesmas desde o dia em que se tornou extensiva às top models a admiração antes reservada apenas a elas. Inicialmente musas anônimas escolhidas para ser referência de beleza — isso desde sempre —, as grandes modelos saíram do anonimato com toda a aura de glamour vista em suas poses e com a força conquistada pela indústria da moda nas últimas décadas.

COM MUITAS cifras em jogo e a velha procura de ideais de estilo e comportamento, nasceram então, nos anos 80, as donas do fim do milênio: lindas, famosas, endinheiradas à custa de muito trabalho, capazes de fazer a mínima imperfeição virar harmonia, cinderelas adoradas em cada atitude.

QUERER SABER se Rita Hayworth ou Marilyn Monroe estão para o desejo assim como Linda Evangelista ou Cindy Crawford estão para a sedução pode ser mero erro de proporção. Do mesmo jeito que as moças de Hollywood, as outras — em Paris, Nova York ou Tóquio — conseguem conquistar todas as atenções quando aparecem em público. E virar ímã de todos os olhares é virtude, no set de filmagem ou na passarela, das estrelas — de tempos em tempos.

GRAÇAS também à velocidade com a qual as informações e as imagens passaram a atravessar o mundo, as top models nascem como concretização de um estilo. A ponto de conseguirem associar seu nome a uma marca, e vice-versa. Ainda assim, elas são camaleoas que — um toque aqui, outro ali — conseguem encarnar da mais meiga à mais perversa das mulheres num piscar de olhos. E fazem isso com uma sutileza, um capricho tão essencial que conseguem, sem qualquer

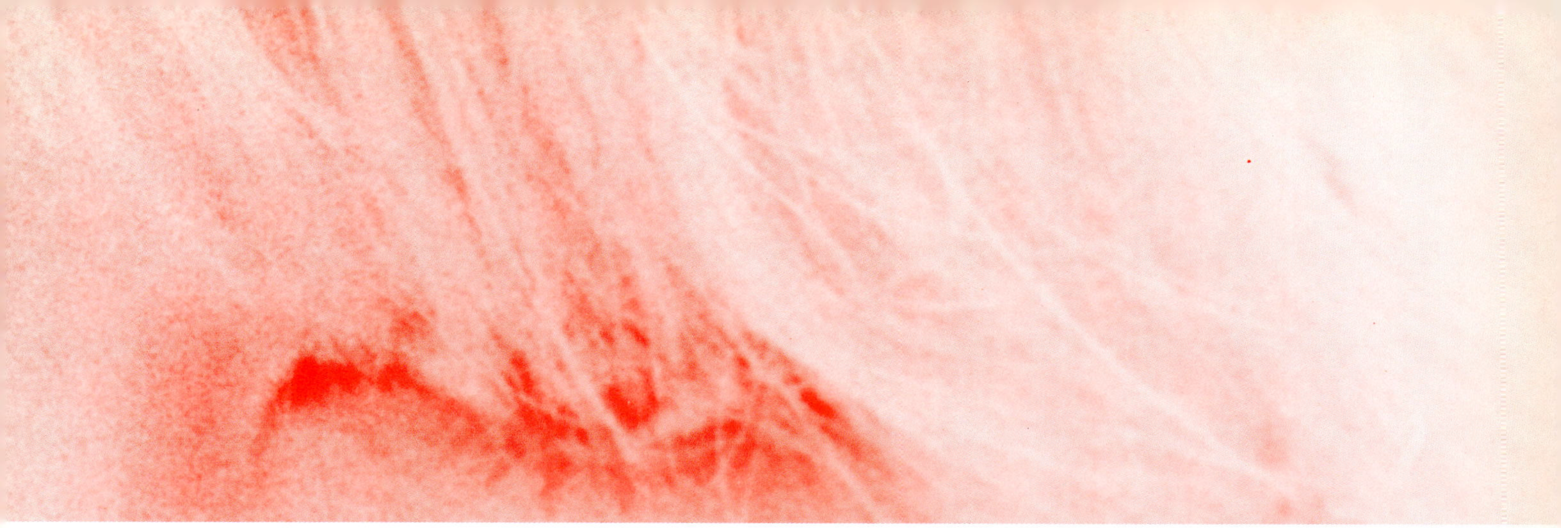

maquiagem, ser a concentração de tantas personalidades. Sem jamais, no entanto, deixarem de ser Kate Moss, Karen Mudler, Eva Herzigova, Nadja Auermann, Stella Tennant, Naomi Campbell, Christy Turlington, Claudia Schiffer. Ao lado de outras modelos que fizeram o mundo aprender seus nomes.

DE NACIONALIDADES diversas, são mulheres esguias, que cobram caro para ser vistas. Profissionais e independentes, pedem altos cachês para sair de casa e fazem o que querem quando voltam do trabalho: namoram, vão às compras, viajam pelo mundo, torcem para chegar o momento do descanso depois de horas e horas de trabalho em uma foto, de ensaios na passarela, de decidir os melhores lances para a própria carreira. Encarado com disciplina e zelo, é um desafio que coloca a vida a serviço do que pode ser belo. Mas disso elas gostam, entendem e não abrem mão, por mais que se diga, em temporadas diferentes, que os tipos excêntricos vêm aí. E quem há de negar a boniteza, com todas as suas safras, apresentada com alguma excentricidade?

PERFEITA COM muito orgulho ou imperfeita para a própria imagem, a top model, que atrai fotógrafos e burburinhos só por descer de um carro, é a melhor tradução, na forma humana, da antiga e interminável busca da beleza. Quando festejada até por estilistas — com suas obsessões por formas — , a modelo vira um ideal que não se pretende inquestionável, mas suficientemente sincero para traduzir uma época.

COMO GRETA GARBO conseguiu virar a divina de um tempo — e daí para sempre —, as top de hoje, de limusine e algo mais, pedem passagem para deixar seus rostos e corpos reproduzidos por aí.

PARA QUEM quiser ver. E admirar.

Joseane Oliveira

Rafael Cochlar

Juliano Zanatta

Gisele Bündchen

Natalie Schmidt

Rinália Fonseca

Luciano Leindecker

0

Começo

5

elite
LOOK

A GRANDE vitrine de jovens que, da noite para o dia, vivem a experiência da fama ganhou, nos anos 80, a forma de concurso de modelos. A situação, antes conhecida mundialmente com a escolha de misses, supostamente as mulheres mais belas de seus países de origem, perdeu algum romantismo e a inocência, passando a ser um retrato dos padrões estéticos desejados pela indústria da moda, sempre atrás de novos rostos. Muito do que se vê no comportamento dos adolescentes na virada do século, incluindo aí o desejo de transformar beleza em profissão, integra uma investida publicitária. Mais ou menos como se numa única tacada de marketing fossem atingidos dois alvos preciosos: primeiro, a própria mobilização — nacional, na maioria dos casos — de milhares de jovens tentando ser o mais belo, com espaço garantido na imprensa; para completar, a transformação dos concursos em eventos ligados a uma marca — de jeans, de xampu, de revista, de refrigerante, de qualquer produto que tenha relação com o jovem consumidor.

ELLUS — The Look of the Year, *Garota Capricho*, *Dimension Top Model*, *Antarctica Super Models*, só para citar alguns nomes, passaram a ser uma entrada, com tapete vermelho, para adolescentes no mundo da moda. Para as agências de modelos, sempre participando da organização desses concursos, o esquema também é perfeito: com "olheiros", especialistas em medidas e padrões internacionais de beleza, espalhados pelos mais diferentes países e representando a possibilidade de aumentar elencos, de investir em novos nomes para renovar "estoques" de gente bonita. Mais até do que encontrar uma ou um top model, o concurso garante ainda o aproveitamento da maioria dos classificados como finalistas. Se a vencedora ganha alguns mil dólares e notoriedade-relâmpago, os que vêm na seqüência, segundo, terceiro, quarto classificados, podem tranqüilamente conseguir trabalho no mercado da moda.

O CRITÉRIO dos concursos é a seleção a partir do excesso. Normalmente eles são divulgados com os pré-requisitos mais básicos, algo como "se você tem de 13 a 18 anos, mais de 1m70cm de altura, inscreva-se". Feito esse convite, a seleção vai se realizando em etapas, delimitadas geograficamente de estado por estado, por causa da dimensão do Brasil, até culminar com uma grande final, esta com platéia, torcida e apresentação dos candidatos em trajes de banho. Tudo muito, muito próximo mesmo do que eram os concursos de miss no passado. Muda o gênero, já que os eventos se realizam em versão masculina e feminina. E mudam as medidas. Se a miss precisava de um corpo escultural e medidas milimetricamente proporcionais, a modelo precisa ser longilínea, bastante magra, ter pernas maiores que o tronco, e por aí adiante.

AGORA COM glamour a serviço do marketing, o concurso de modelo é um investimento milionário que não costuma decepcionar. Vide o caso de Cindy Crawford, top model conhecida mundialmente. Foi graças a um destes concursos que o mundo viu um dos rostos mais belos do milênio. Cindy, dona, claro, de cachês cheios de zeros, daqueles que impressionam até os mais bem-sucedidos capitalistas, era uma garota como outra qualquer que, num piscar de olhos, ganhou trânsito livre nas revistas de todo o planeta. Para uma modelo, vencer — ou estar entre as vencedoras — um desses vestibulares da beleza é literalmente tirar a sorte grande. Para ganhar, como desafio complementar, a difícil missão de manter-se no topo pelo maior tempo que conseguir.

Denise Céspedes

Descoberta quando tinha 17 anos, Denise Céspedes, a exemplo do que acontece com várias modelos, decidiu inverter o jogo. Dos estúdios passou para os bastidores e trabalha com novos talentos. Já assumiu a coordenação geral de um concurso nacional promovido pela Ford Models e, admitindo identificação com situações do passado, chegou a se sentir "meio mãe" das adolescentes que queriam ser eleitas a mais bela. Com muita vivência entre flashes e poses, ela divide a seguir um pouco do que aprendeu numa carreira cheia de elogios.

O que pensa sobre os concursos?

É o melhor caminho para se começar uma carreira. É uma grande vitrine e, se a agência que está promovendo gosta da garota, já facilita, por exemplo, para que ela consiga um book. Daí então a carreira começa a existir de verdade.

O importante é vencer?

De alguma forma sim, mas não quer dizer que a vencedora vai ser a única a trabalhar. Existem várias modelos que participaram de concursos, não venceram, mas acabaram virando tops, conseguindo até mais trabalhos do que algumas que venceram.

Ganha-se muito dinheiro com a vitória?

Como os concursos mais importantes são internacionais, há cifras interessantes. A vencedora mundial do Super Model of the World, realizado em 96, levou um prêmio de US$ 250 mil.

Os pais costumam se opor quando a filha quer participar?

Não. Muito pelo contrário. Preconceito contra a profissão de modelo é coisa do passado. Hoje toda garota quer ser top model, e os pais até incentivam.

Ao vencer um concurso, quanto tempo a modelo terá pela frente?

Não dá para especificar genericamente. Há modelos que começam com 13 anos e trabalham até os 30. Há as que começam com 18 anos e param de trabalhar com 19.

Não vale mais a pena ser miss?

Ninguém quer ser miss por um ano e passar a faixa adiante. A carreira de modelo não vai durar um ano, vai durar cinco, dez. Misses representam uma época que já passou.

Sérgio Mattos

Com experiência na direção de filial carioca de uma grande agência, Sérgio Mattos é, desde 1989, um caçador de talentos. Já percorreu todas as capitais brasileiras com a missão de encontrar novos rostos. Ele se orgulha, com toda a razão, de ter sido o primeiro a ver e incentivar modelos que depois se consagrariam. Mesmo diante da impossibilidade de dividir seu "olho clínico" com os outros, Mattos revela toda a intimidade que tem com carreiras promissoras.

Cursos de modelos podem ser um começo?

Não acredito. Ninguém ensina a ser modelo. Se é para se soltar, melhor fazer teatro, interpretação. As modelos aprendem fotografando, fazendo books, observando detalhes de produções, vendo muitas revistas. Elas acabam tendo de aprender trabalhando.

Como se descobre que a garota pode ter futuro como modelo?

É olho clínico mesmo. Quando você olha, vê tudo, se ela pode se desenvolver. Outro detalhe é fotogenia: até comprei uma máquina. Tento fazer as primeiras fotos e depois encaminho para um fotógrafo profissional.

Já procurou modelos em Porto Alegre?

Claro. É onde as meninas têm mais o jeito europeu. São as mais altas e bonitas. Rio e São Paulo vêm depois em termos de importância. Porto Alegre, primeiro.

O que é indispensável para tentar participar de um concurso?

No mínimo de 1m70cm de altura, além de muita beleza, claro. É preciso também ter uma boa atitude, presença em cena.

Primeiro são analisadas as fotos e só depois é feita a escolha?

A maioria se inscreve nos concursos. Mas o caçador de talentos tem de estar sempre de antenas ligadas. Às vezes vamos para a praia, para o shopping, para onde estiverem as garotas.

Zeca Abreu

Zeca Abreu trabalha em São Paulo e se especializou no departamento de *new faces* de uma grande agência. Trabalha com garotas muito jovens, que passaram a integrar o casting da agência depois de um concurso ou após submeter-se à avaliação, muito pessoal, de seus diretores. Expert em mercado nacional e internacional, ele defende que, no fundo, as adolescentes precisam de planejamento da carreira, só possível com a estrutura de uma agência.

Qual a idade média em que uma modelo começa a trabalhar?

No Brasil as meninas estão começando muito cedo, aos 14 anos. No Estados Unidos, elas começam um pouco mais tarde, com 16, 17 anos. Aqui a gente acaba precisando de um tempo para prepará-las, tanto para o mercado interno quanto para saírem do país.

Descoberto o talento de uma *new face*, qual o próximo passo?

A partir do momento em que tenho contato com a modelo, começa um trabalho de ter de conhecer melhor sua personalidade, para planejar o início da carreira, ver em que trabalho ela se enquadra. Já que ela será apresentada ao mercado de São Paulo em seguida.

Qual é o maior mercado internacional para as modelos brasileiras?

O mercado japonês é mais fácil, porque não exige altura. Mas é um mercado sério, supercompetitivo. Então não vale só ser bonita: as modelos têm de ter muita disciplina para fazer esta viagem, normalmente a primeira de suas carreiras.

O que é disciplina nesse caso?

É saber ter limites. Uma modelo não pode, por exemplo, sair todas as noites. Tem de ter uma alimentação balanceada, saudável e uma imagem positiva. Cada modelo é um relações-públicas dela mesma.

Como é o trabalho da agência fora do Brasil?

O que fazemos é tentar, a cada temporada de moda, investigar em qual mercado ela pode se encaixar. Normalmente as agências têm parcerias em outros países. Cidades como Paris, Milão, Berlim ou Nova York têm mercados completamente distintos. A modelo precisa de uma agência para cada um desses segmentos.

Claro Gilberto

Responsável pela coordenação geral do evento Garota Verão, que a RBS TV fez virar tradição no Rio Grande do Sul, Claro Gilberto aprendeu, por força do ofício, a administrar proporções. Até chegar a sua 15.ª edição, o concurso passou por várias fases, atraindo um número variável de candidatas a cada ano. Como uma das principais portas de entrada para jovens talentosas no mundo da moda, transformou-se em sucesso a ponto de mobilizar, com a força da emissora de televisão, os quatro cantos do Estado, garantindo popularidade a vencedoras como Natalie Schmidt, a mais famosa Garota Verão.

Como começou o concurso?

Com uma equipe de câmeras, captávamos imagens das meninas nas piscinas dos clubes, e as mais bonitas eram selecionadas e participavam da programação da TV, num intervalo da novela das 19 horas. Automaticamente, a garota do dia já estava classificada para a final. Era um trabalho de produção para a TV.

Quando o evento começou a tomar maiores proporções?

A partir do quinto ano, resolvemos escolher as candidatas por cidade. Encarregamos nossas emissoras regionais de televisão, que têm um bom conceito, de fazerem isso.

Qual é o perfil da Garota Verão?

O perfil é basicamente a beleza da menina que tem entre 15 e 17 anos. A tradição dos júris mostra que ela é uma mulher mediana, nem muito alta, nem muito baixa, com um bom conjunto de rosto e corpo. O júri vai avaliá-la ao longo de três dias.

Por que Shirley Mallmann, hoje entre as top models mais importantes do mundo, sequer foi classificada para o concurso?

A top model é uma mulher magérrima, que chega a ter problemas, por exemplo, na cadeira do dentista. Era um outro perfil, mas acho que o mais importante, nesse caso específico, é que uma das top models mais importantes do mundo nasceu em Lajeado, no Rio Grande do Sul.

Depois que a garota vence o concurso, o que acontece?

O concurso é um incentivo para que ela possa buscar fotografias, passarelas, comerciais. É um trampolim. Não existe uma seqüência oficial do Garota Verão no Brasil. É uma etapa que termina no Rio Grande do Sul.

Joseane Oliveira

Foi em 1995 que a vida de Joseane Oliveira deu uma guinada. Classificada em segundo lugar num concurso em que havia representantes de todo o Brasil, foi disputar a final mundial na Coréia. Quando voltou de lá, arrematou vários outros trabalhos — de campanha para a grife paulista Rosa Chá até editorial para a revista *Elle*. Por orientação do pai, priorizou os estudos e garante que não se sente "mais convencida" depois de dividir atenções com garotas de todo o mundo.

MODÉSTIA "Quando aconteceu a chance de participar do concurso, estava justamente procurando uma agência. Foi um pouco de coincidência: havia garotas mais bonitas que eu. E o que mudou foi que, a partir daí, comecei a trabalhar como modelo."

RAÍZES "Não é exatamente pela concorrência. Mesmo sendo um mercado enorme, ótimo para trabalhar, não gosto da cidade de São Paulo. Enquanto puder trabalhar, prefiro continuar morando em Porto Alegre."

APETITE "Não me deslumbrei em momento algum. O que fiz longe do meu pai, da minha mãe, da família inteira, foi comer demais. O importante é se lembrar sempre de que o alimento tem de nutrir. Não se pode ficar comendo qualquer coisa."

Nasceu em Porto Alegre (RS), em 14-04-81. **Altura** 1m80cm **Manequim** 38 **Olhos** castanhos-claros **Cabelos** castanhos-claros

Rafael Cochlar

Estudante de Engenharia Elétrica em Porto Alegre, Rafael Cochlar tinha acabado de concluir um semestre na faculdade quando resolveu aproveitar as férias para fazer um bico, ganhar algum dinheiro. O projeto foi mais longe, e o rapaz foi eleito o mais belo — do Brasil — num concurso de modelo em 1996. Não pensa em parar de estudar e prefere ir com calma, aceitando apenas os trabalhos que possam ser conciliados com seus outros projetos pessoais.

ATITUDE "Não me via numa passarela. Sou tímido demais para isso. Mas as gurias me convenceram e pensei comigo: não tenho nada a perder, vou ver até onde vai dar. Quando se está lá em cima, não se vê nada nem ninguém. Só luzes."

COMPROMISSO "Fiz alguns trabalhos, mas foi depois do concurso que comecei a trabalhar bastante. Em São Paulo, na realidade, só fiquei uma semana, porque as aulas começariam logo em seguida."

SAÚDE "Não fumo, não bebo, não uso drogas. Faço ginástica pelo menos três vezes por semana. É preciso ter uma alimentação saudável, cuidar do corpo, não comer frituras e conservas."

Nasceu em Porto Alegre (RS), em 02-10-75. **Altura** 1m87cm **Manequim** 40 **Olhos e cabelos** castanhos

Juliano Zanatta

Vocação para campeão, Juliano Zanatta bateu pé quando a mãe sugeriu sua inscrição num concurso da Elite Model. Mas assim mesmo ele foi e venceu. Pouco tempo depois já integrava o casting de uma grande agência. Pulou para a TV, encantou meninas em editoriais de moda de várias revistas, apareceu na tela do cinema e pôde encarar vários testes numa única semana. Disposição e fôlego para tanto é o que não lhe faltam.

REVISÃO "Odiava essa história de ser modelo. Até que participei de um concurso, e tudo começou a acontecer. Me achava feio, e o pessoal da natação dizia que eu tinha os lábios muito grandes. Nariz meio redondo era o meu. Mas tive de mudar de atitude, porque a gente tem de se gostar. Senão os outros também não vão gostar. Agora sou vaidoso. Não é que me ache bonito, mas me acostumei."

PÓDIO "Fiz natação desde os oito anos. Já fui campeão brasileiro e cheguei a participar de um sul-americano. Lembro que queria ir para os jogos olímpicos, mas depois a vontade passou. Era febre. Hoje ando de bicicleta e surfo nos fins de semana. Sonho em morar numa praia."

OLHARES "Quando elas me reconhecem, tiram fotos, fico com vergonha. Não consigo me acostumar. Penso: não é para mim isso. Mas tenho de aprender a conviver. É normal. Não consigo ser diferente. Sempre fui assim, e a suposta notoriedade não muda nada."

Nasceu em Porto Alegre (RS), em 30-09-76. **Altura** 1m84cm **Manequim** 42 **Olhos** castanhos-claros **Cabelos** castanhos-claros

Gisele Bündchen

Nascida em Horizontina, interior do Rio Grande do Sul, Gisele Bündchen surgiu como uma das grandes promessas gaúchas do anos 90. Linda, medidas exatas, proporções irretocáveis, ela começou aos 14 anos, como segunda colocada em um concurso nacional de modelos. Ficou entre as 10 finalistas da etapa internacional, realizada na Espanha, e também por esse motivo teve a chance de estrear dentro e fora do Brasil quase ao mesmo tempo. Encantou o jornalista Paulo Francis numa entrevista concedida em Nova York e, para realizar um sonho familiar, participou de um baile de debutantes no qual suas irmãs também foram apresentadas à sociedade local. Desnecessário dizer que a garota virou a estrela do salão.

GENTILEZA, POR FAVOR "O que me incomoda é se alguém gritar comigo. Aí acabou. Respeito até o instante em que a pessoa é gentil comigo. Se não é mais, também não sou. Em geral, gosto de todo mundo, dos maquiadores, dos fotógrafos, dos produtores. Às vezes se discute por uma coisa ou outra, é normal. Mas se volta à paz rapidinho."

ASSÉDIO "Você conhece algum homem brasileiro que não dê em cima de mulher bonita? Eu não conheço. Em qualquer lugar, na rua, nas festas. É preciso se acostumar a conviver com isso e desprezar. É o único jeito."

Nasceu em Horizontina (RS), em 20-07-80. **Altura** 1m78cm **Manequim** 38 **Olhos** azuis **Cabelos** castanhos-claros

PRÍNCIPES "Não estou interessada em namorar. Quando começo um relacionamento, não digo que sou modelo. Sinto que alguns vêm me abordar só porque sou modelo. Já tentei até namorar, mas não deu certo. Gosto de ser uma pessoa livre, não consigo ficar com ninguém que me prenda. Na verdade, acho que nunca vou casar."

Natalie Schmidt

Em 1993, quando tinha 16 anos, Natalie Schmidt experimentou subitamente o gosto da fama. Se transformou em personalidade no Rio Grande do Sul depois de ganhar o concurso Garota Verão, uma tradição em Porto Alegre e que até hoje rende reconhecimento público à modelo, um dos rostos mais lembrados quando o evento é citado. A experiência vitoriosa ela conheceu outra vez com o segundo lugar no Dimension Top Model, que confirmou a vocação para o sucesso. Daí para as capas de revista, com currículo tão elogioso, fez questão de encher de estilo todas as suas aparições profissionais.

COFRE "Não digo que é possível enriquecer. São casos isolados, como as modelos que viajam para o exterior, ficam famosas, conseguem trabalhos sensacionais e voltam para o Brasil com a possibilidade de aumentar seus cachês. São pouquíssimas as pessoas que chegam a esse patamar."

OLHARES ALHEIOS "Inveja? No início, ficava magoada com isso. Sou uma pessoa que não tem o hábito de criticar os outros. Não falo mal de ninguém. Portanto, não gosto quando as pessoas falam. Ignoro pessoas invejosas. Aliás, só levo em consideração a opinião de quem acho que seja realmente importante para mim."

METRÓPOLE "O mercado de São Paulo está cada vez mais competitivo. São muitas as modelos para poucos testes. Os que têm, lotam. Se fica horas esperando. Não há mordomia. Comparando com Porto Alegre, no caso, a única vantagem é que o volume de trabalho é maior."

Nasceu em Porto Alegre (RS), em 05-11-76. **Altura** 1m75cm **Manequim** 38/40 **Olhos** azuis **Cabelos** loiros

Rinália Fonseca

Rinália Fonseca começou a trabalhar aos 13 anos e teve seu primeiro filho aos 14. Com 16 anos, ganhou o concurso Garota da Capa, promovido pelo jornal *Zero Hora*, quando foi para São Paulo a convite de uma agência de modelos. Hoje, mãe de três filhos, ela não se arrepende de suas opções e se desdobra para conciliar a vida familiar com o trabalho. Com trajetória profissional entre editoriais de beleza e filmes para a televisão, já que a altura a exclui das passarelas, Rinália segue tranqüila, equilibrando a vida pessoal e a profissão de modelo.

Nasceu em Porto Alegre (RS), em 05-08-74. **Altura** 1m70cm **Manequim** 36 **Olhos** castanhos **Cabe**[illegible] castanhos

MATERNIDADE "Pelo fato de me sustentar, achava que era grande e madura o suficiente para ter um filho. Estava totalmente enganada, porque era uma criança na época. Fiquei grávida com 14 anos e hoje não me arrependo. Mas, se tivesse outra cabeça, não teria sido assim. Há alguns anos, acreditava que ninguém tinha nada a ver com a minha vida. Fazia o que queria. Sou a soma de todas as coisas, a mãe e a modelo."

CONTRADIÇÕES "Ando meio descontente com a moda. É muita fantasia. Ao mesmo tempo em que você veste, por exemplo, um modelo Christian Dior, é preciso sair do estúdio e, digamos, andar de ônibus depois de ter usado, mesmo que para trabalho, um vestido que custa US$ 20 mil."

MUDANÇAS "Quando cheguei a São Paulo, tinha 16 anos e fiquei deslumbrada. Pensava que em pouco tempo conseguiria muito dinheiro. No começo, acabei ficando desiludida. Quando uma menina sai de sua cidade, dizem que ela vai ganhar muitos mil dólares. É uma mentira. Tem menina que fica sonhando que vai ser modelo, que vai ficar rica e milionária. Como é que fica?"

Luciano Leindecker

Luciano Leindecker sempre estudou música. Toca contrabaixo desde a adolescência e, com a banda Cidadão Quem, entre shows e discos, ficou conhecido nos palcos gaúchos. Já se sentiu como um peixe fora d'água quando cercado de modelos por todos os lados, até porque sempre fez questão de colocar em primeiro plano sua carreira artística. Ainda assim, não descarta outros trabalhos e resolveu aceitar convites para posar como modelo, tamanha a freqüência dos comentários sobre sua beleza. Quando está fotografando, como de costume, não se intimida: se vai fazer, que seja bem feito. De qualidade — e com as suas próprias — ele não abre mão.

OPINIÕES "As pessoas sempre me paravam e diziam que eu tinha de aproveitar que era bonito. Me levavam para o estúdio para fotografar. Não me imaginava no meio de modelos, onde há uma concorrência muito acirrada. É um mercado muito pequeno para sonhos muito grandes. Quando me chamaram, foi divertido. Fui para o Rio participar de um concurso, no clube Mediterranée, e me diverti bastante. Estava lá, mas o meu caminho estava traçado em Porto Alegre, com a minha banda."

Nasceu em Porto Alegre (RS), em 12-03-72. **Altura** 1m83cm **Manequim** 40 **Olhos** azuis **Cabelos** castanhos

CONTRABAIXO "A gente não faz música para um público específico. Quando se tem um estilo, não se pode ir contra ele. A banda faz a música que a gente gosta. O trabalho se encaixa no que seria um perfil mais pop. Os discos têm tanto a música pesada quanto uma canção mais leve, com violão e cordas."

EVIDÊNCIA "Há maneiras de conviver com o público que é legal, porque a relação de assédio acaba. Sabemos que a menina está desejando uma pessoa que não existe. Nesse caso, se entrasse no jogo dela, estaria usando uma coisa para levar vantagem. Pior: usando uma coisa que não faz parte da minha vida para levar vantagem. Quando se está no palco, se é uma pessoa. Fora dele, outra."

ESPELHO "Se o reconhecimento vem por causa da beleza, depois é preciso provar a competência. Acaba sendo muito mais difícil do que o que acontece com alguns artistas que conseguem dirigir a carreira de uma outra maneira. O importante sempre é ser aceito pela competência."

Giovana Refatti

Daniela Raizel

b

book

KODAK TX 5063
31A
31
30A
30
29A
29
19A
19
18A
18
17A
17

Direto de Panambi, no interior do Rio Grande do Sul, **Giovana Refatti** teve seu rosto reproduzido milhares de vezes em todo o Brasil ao ser imediatamente identificada com a revista *Capricho*, que tantas outras garotas já fez conhecer o estrelato. Adolescente e linda, ela ficou conhecida, no Sul e no resto do país, ao conseguir a vitória regional — e o segundo lugar na etapa nacional —da edição de 1996 do concurso Antarctica Super Models. Cheia de planos, Giovana, aos 14 anos, iniciou uma carreira que promete muito no circuito da moda graças às medidas que despertam cada vez mais interesse: tem 1m78cm de altura e manequim 38. Seus olhos e cabelos são castanhos.

Nasceu em Panambi (RS), em 16-01-81. **Altura** 1m78cm **Manequim** 38 **Olhos e cabelos** castanhos

Giovana Refatti

Objeto de desejo a ponto de substituir, por exemplo, a festa de 15 anos de muitas adolescentes, o book de modelo é, na maioria das vezes, uma carta de apresentação — sem palavras ou indicações de terceiros — usada como primeira e principal referência pelos jovens que se dispõem a disputar um lugar ao sol no competitivo mercado da beleza.

Em tese, qualquer pessoa que acredite ter potencial e vocação para a profissão pode encomendar um book, desde que tenha o orçamento para bancar a sua produção. Para os leigos, book é estritamente um livro de fotografias que, independente do futuro profissional do fotografado, vai ser sempre uma bela recordação de época, seja qual for o destino depois das poses e dos cliques.

No começo da carreira, quando precisam percorrer as agências, os jovens seguem com o livro debaixo do braço. E para os bookers, pessoas que escolhem os modelos nas agências, a seqüência de fotografias não só é uma pista sobre a fotogenia do futuro modelo como também completa o cara-a-cara que o profissional da agência terá, muitas vezes em forma de entrevista, com o candidato a estrelar campanhas e editoriais. A importância do book então é justamente a de evidenciar as qualidades e o estilo do modelo.

Para chegar ao resultado final, o fotógrafo normalmente trabalha com a mesma proporção de aproveitamento dos editoriais de moda: às vezes de um filme aproveita-se apenas uma imagem. Porque o ideal também é que o book consiga revelar a face "camaleão" do modelo, o que, muito de longe, dará a noção dos vários tipos que ele é capaz de interpretar, dos vários personagens que poderá viver, de acordo com a exigência do trabalho ao qual se candidata.

Sem o book é mais ou menos como se a carreira do modelo não existisse. O motivo é simples: usado para apresentar determinada pessoa ao mercado, ele vai ser alvo de acréscimos, passando então a reunir as melhores imagens de uma carreira. Tanto que mesmo os modelos mais famosos ainda têm procedimento idêntico ao participar de uma seleção que, salvo algumas exceções, começa pelo book. Quando um editor, ou um fotógrafo, ou um diretor de comercial querem escolher o rosto ou o corpo ideais para o que estão fazendo, o primeiro passo é telefonar para uma agência, dar as linhas gerais do tipo de modelo que procuram e aguardar que o booker lhes envie os "candidatos".

Na ordem inversa das coisas — mas seguindo o mesmo raciocínio que inviabiliza a competição no mercado —, há histórias de modelos que foram "descobertos" por acaso, mas que só tiveram a confirmação de que tudo não passava de brincadeira quando o "fotógrafo descobridor" ou a pessoa que se encarregou de providenciar o estúdio têm em mãos um book pronto. Que finalmente vai virar a prova concreta de que a pessoa tem potencial para encarar uma câmera e ganhar a vida assim por alguns anos.

Daniela Raizel

Gaúcha nascida em Porto Alegre, **Daniela Raizel** estreou no mundo da moda vendo, de lugar privilegiado, o quanto tal círculo profissional é competitivo: antes mesmo de fazer grandes trabalhos, ela virou alvo de disputa acirrada entre duas grandes agências de São Paulo. Aconteceu depois de a adolescente, aos 14 anos, com rosto angelical e 1m77cm de altura, surgir bem-classificada no Sul, na disputa do concurso The Look of the Year. Na etapa nacional da mesma competição, repetiu o feito e atraiu olhares de especialistas em top models. A *new face* tem olhos azuis, cabelos loiros e 51 quilos.

Nasceu em Porto Alegre (RS), em 20-06-82. **Altura** 1m77cm **Manequim** 38 **Olhos** azuis **Cabelos** loiros

24A
KO.DAK
24
23A
KO.DAK TX 5063
23
22A
22
KO.DAK TX 5063
6A
KO.DAK TX 5063
6
5A
5
414 TX 5063
4A
KO.DAK

Shirley Mallmann

Carolina Fagundes

Laura Wiederspahn

Melissa Morales

Ana Paula Kuplich

Priscila Barp

Laura Kasper

Gisele Fetter

asga

úchas

Uma certidão de nascimento do Rio Grande do Sul hoje é quase um passaporte para se entrar na profissão de modelo. Não só pelo fenômeno Shirley Malmann, mas também por nomes como Carolina Fagundes, Paula Bolla, Sérgio Dias, Cristiane Cavalcanti, Alessandra Ambrósio, para citar apenas alguns.

Não se sabe ao certo a alquimia. Pode ser o churrasco, o chimarrão, as noites frias dos pampas que estimulam os descendentes dos imigrantes a capricharem na elaboração dos seus rebentos. Uma mistura de ingredientes que leva sempre à pergunta que todos fazem, inevitavelmente, após ouvir o delicioso sotaque do recém-chegado: "Ah, então você é do Sul?".

Muitos que fazem a pergunta não comentam na hora, mas certamente pensam: "Bem, já é um bom começo para quem quer ser modelo".

Quem já fez concurso de modelos por este Brasil sabe a dor de cabeça que é quando se chega a Porto Alegre. Não pela falta de opções, é justamente o contrário. Que dificuldade selecionar candidatos.

Altura quase nunca é problema. Porte também não. E nos testes de passarela e fotografia, só falta os organizadores ficarem malucos, maluquice essa que passa para os jurados logo depois. Bem, no fundo todos ganham, mesmo quem não vence. Quantos e quantas não se iniciaram na profissão sem necessariamente passar pelos concursos?

Talvez quem iniciou esta doce e moderna invasão gaúcha tenha sido Xuxa, há uns 15 anos. De lá para este final de século, começo de um novo milênio, onde caras novas surgem a cada momento, vem aparecendo aquela que pode repetir a trilha do sucesso de suas antecessoras: Ana Hickman, que já começa a provocar comentários — "Ih, olha outra gaúcha chegando".

A moda agradece.

Roberto Ethel, jornalista

Shirley Mallmann

Recontada de todas as formas, a guinada profissional da jovem Shirley Mallmann virou a história de Cinderela com a qual muitas jovens vivem sonhando. De operária meio desengonçada a top model internacional, Shirley é daqueles casos — raros — que deixam o mundo da moda em festa: linda, 1m80cm de altura, despretensiosa e pronta para aprender, passo a passo, cada detalhe da profissão que escolheu. Para completar a seqüência de pontos a seu favor, é carismática, daquelas que, logo no primeiro contato, já começa a arrebatar simpatia pela autenticidade e postura elegante diante de situações por vezes desconhecidas.

De Lajeado, onde nasceu, a Porto Alegre, onde começou a ouvir os primeiros elogios profissionais, foram algumas idas e vindas, até que a modelo tivesse uma ascensão meteórica sem se deixar contagiar pelo deslumbramento, sempre um risco em casos de famas-relâmpago. Quando a editora de moda Regina Guerreiro disse, diante de Shirley, "hum, que menina linda!", veio a confirmação de que outros comentários — também de especialistas — faziam muito sentido. Sem nem conhecer São Paulo direito, Shirley virou capa da revista *Elle*.

Em meses, já era uma das modelos mais disputadas no mercado nacional até conhecer, em trabalho para um catálogo, a fotógrafa alemã Ellen Von Unwerth, outra fada madrinha da jovem Mallmann. A fotógrafa, entre as mais cultuadas na Europa e nos Estados Unidos, não só teve o prazer de trabalhar com Shirley como fez questão de apresentá-la ao mercado de Nova York, onde se encontram os mais prestigiados colegas de Ellen. Outra vez em meses, Shirley deu mais um passo certo, marcando presença, sob a lente dos grandes nomes da fotografia de moda, em revistas como *Harper's Bazaar*, *Vogue*, *W* e *Elle*. Viu sua imagem — e sua história — reproduzidas outras "n" vezes em fotos para publicidade. Entrou nas passarelas, a serviço de marcas como Giorgio Armani, Dolce & Gabanna e Christian Dior, nos intervalos de tanto estúdio e trabalho.

A trajetória da mais famosa top *made in Brazil* é bastante peculiar: em vez de esgotar o mercado brasileiro, ir para o Japão e só depois tentar trabalhos em terras européias ou norte-americanas, ela experimentou tudo num intervalo de tempo muito pequeno. Virou profissional do primeiro time. Se antes se inspirava em Linda Evangelista, quando sonhava com a profissão de modelo, passou a dividir camarim com a própria. Só numa temporada em Milão, participou de 25 desfiles. Depois foi direto para Paris com agenda mais que disputada.

Bem-assessorada, Shirley agora passa a maior parte do tempo fora do Brasil, só trabalha por bons cachês e continua estudando o tempo todo. Já precisou falar alemão — relembrando os tempos em que vivia no interior do Rio Grande do Sul —, conheceu várias cidades e países, mas não abre mão de sua meta inicial:

Nasceu em Lajeado (RS), em 15-12-77. **Altura** 1m80cm **Manequim** 38 **Olhos** azuis **Cabelos** loiros

ser profissional e completar, com muita disciplina, a série de virtudes que fazem dela um sucesso. A seguir, trechos da conversa que ela teve com Lisette Guerra, autora das fotos de seu primeiro book.

JORNADA "Sempre tratei bem todas as pessoas, pode ser o rei ou o João da esquina. Trabalho bem, de um jeito sério. Adoro fazer brincadeiras, mas na hora do trabalho é sério. Os clientes gostam de mim: sou superprofissional, cumpro os meus horários. Se você mostra às pessoas que é legal, elas apostam em você. Então é preciso retribuir, afinal apostam para que você faça bonito."

LINDA "Me lembro do dia em que conheci Linda Evangelista. Foi num desfile, tinha empurra-empurra de fotógrafos, todo mundo tirando fotos. Olhei, e estava lá a Linda Evangelista. Quando comecei, me inspirava nela, pois é uma camaleoa. Era um sonho realizado: entrar na mesma passarela que ela. Não tive medo: fui para o exterior sozinha, apesar de, na época, nunca ter saído do Brasil. Não falava inglês, mas fui atrás. Sempre fui dando o máximo de mim nas minhas tarefas."

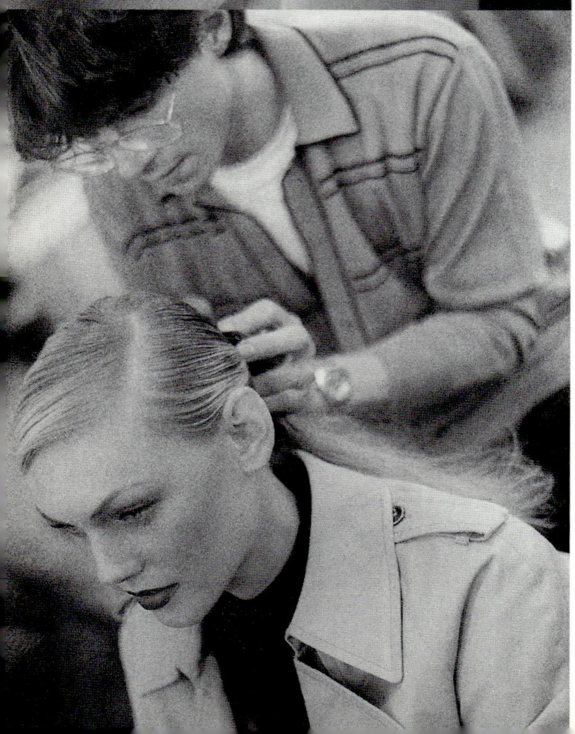

AULA "É lógico que muita gente acha que virei estrela, que não quero fazer isto, que não quero fazer aquilo. Para certas coisas, você tem de saber falar não, tem de se valorizar. Isso você adquire com o tempo, com a experiência. Só aprendi as coisas que posso fazer bem e aprendi também a lidar com as pessoas."

LEMBRANÇA "Sinto saudades principalmente da minha família, dos meus amigos que cresceram comigo, dos fins de semana. Às vezes, quando você está lá fora, num hotel enorme, você está sozinha. E aí vem uma saudade e, em qualquer lugar do mundo, você pensa no que os amigos e a família estão fazendo."

TOPO "Não mudou nada, continuo sendo a mesma pessoa que eu era, continuo gostando das mesmas coisas. Acho uma falta de inteligência você querer mudar. As pessoas não mudam, só quando querem."

Carolina Fagundes

Carolina Fagundes já foi capa das revistas *Vogue* e *Elle* no Brasil e, entre outras, estrelou editorial da *Harper's Bazaar* italiana. Surgiu em editoriais para a *Marie Claire*, catálogos de marcas como Zoomp, Renato Loureiro e M. Officer. Sem nunca esconder, em cada pose, seu jeito de musa. Personalidade forte, a moça também consegue transitar, com a maior naturalidade, entre situações tão diferentes quanto a reinterpretação da beatlemania para uma revista ou os desfiles mais disputados de São Paulo.

TERRAS DA RAINHA "Hoje estou vivendo entre Milão, Paris e São Paulo. Fiquei um mês e meio em Londres, que foi o lugar, fora do Brasil, em que mais trabalhei até agora. As viagens são justamente o maior problema. Nem sempre é agradável ficar fora muito tempo, longe da família, do namorado. Está aí um ponto negativo."

TOQUE DE MESTRE "Quando cheguei a São Paulo, comecei a ficar conhecida. Procuravam uma menina para descolorir o cabelo para fazer uma campanha, e ninguém queria descolorir o cabelo, para ficar branco mesmo. O Mauro Freire olhou para mim e perguntou o que eu achava. Topei. Fiz o trabalho, e acabou chamando a atenção das pessoas."

Nasceu em Porto Alegre (RS), em 14-11-76. **Altura** 1m76cm **Manequim** 38 **Olhos** azuis **Cabelos** loiros

REGRA DO JOGO "Se estou trabalhando para uma determinada marca que me contratou, então tenho de fazer o trabalho, independente do meu gosto pessoal. Não reclamo e vou tentar fotografar da melhor maneira possível. Se você está ali, é porque topou, porque quis."

Laura Wiederspahn

Foi quando tinha 15 anos que Laura Wiederspahn começou a trabalhar. Estreou na revista *Claudia* protagonizando um editorial que lhe abriu outros caminhos. Mais adiante, cruzou fronteiras para morar em Paris e trabalhar em várias capitais européias — de Londres a Viena, na Áustria. Até na Austrália Laura mostrou seu profissionalismo. Sempre com disciplina e paciência, que garantem vida longa à rotina da modelo.

OS TIPOS "Estou mais para mulher chique do que para garotinha. Sempre fiz mulheres sofisticadas, desde os meus 15 anos. Acho que por causa dos meus traços e do meu tamanho. A atitude depende da roupa que estou usando."

Nasceu em Porto Alegre (RS), em 12-01-67. **Altura** 1m78cm **Manequim** 40 **Olhos** azuis e cabelos castanhos-claros

BORRAC

EXPERIÊNCIA "Conheci o mundo todo. Quando vou para os lugares, tento absorver o máximo da cultura, do país. Conheci pessoas maravilhosas dos pontos mais diferentes. Trabalho em qualquer época do ano, em qualquer temperatura, em qualquer país: meu padrão clássico de beleza é aceito em qualquer lugar."

ACERTOS "Sempre administrei minha carreira sendo superprofissional. Não adianta: modelo tem que vender saúde, beleza. E ter perseverança, disciplina, espírito batalhador, disposição para viajar e para resolver as coisas."

CONSUMO "Eu tenho carro do ano, telefone, apartamento. A maior parte das viagens que fiz paguei do meu bolso, paguei cursos de língua fora do Brasil. Invisto em cosméticos caros e bons, em coisas que me agradam. Gosto de viver bem, sempre paguei aluguéis caríssimos. Sempre achei que tinha de aproveitar o trabalho de modelo para ser uma ponte para viver bem.

Melissa Morales

Antes de ganhar as páginas da revista *Capricho*, Melissa Morales fez um curso no Senac, aos 13 anos. Fez seu book, entrou para uma grande agência e, logo em seguida, foi convidada pela agência japonesa Folio para uma temporada de trabalhos em Tóquio. Aceitou, claro, e já guarda mais algumas capas, editoriais e publicidades feitos do outro lado do mundo — para onde certamente deve voltar, se o destino a levar.

O JAPÃO "O japonês é um tipo meio maluco. Tem de tudo: alguns jovens pintam o cabelo de um lado roxo e do outro amarelo, e é tudo muito normal. Não me sentia tão perdida porque estava aprendendo inglês e morava num prédio em que só havia modelos da agência. Então tinha minhas amigas brasileiras e não dava para se sentir sozinha em casa."

CUMPLICIDADE "Gosto de conversar bastante com o fotógrafo antes do trabalho. Ele dá dicas, explica o que quer, pede para você agir de um jeito específico. Você acaba ficando próximo, porque os dois, fotógrafo e modelo, estudam juntos, aprendem juntos em cada trabalho."

Nasceu em Porto Alegre (RS), em 30-06-80. **Altura** 1m75cm **Manequim** 38 **Olhos e cabelos** castanhos

TRANSFORMAÇÕES "Tem de se representar sim, fazer caras e bocas. Se tenho 15 anos, e às vezes tenho que parecer uma mulher de 30, tenho que representar. É para isso que a gente estuda, pesquisa, fica observando tudo o que acontece."

CASTING "Quando veio a equipe de São Paulo, da *Capricho*, me escolheram mesmo sem eu nunca ter feito qualquer trabalho antes. Eu tinha 13 anos, era muito menina, e eles queriam isso. Eu não tinha vergonha de comer um bolo e lambuzar a minha boca. Para mim tudo foi muito natural."

Ana Paula Kuplich

Ana Paula Kuplich esteve entre as quatro finalistas de um concurso realizado no Sul, passou por São Paulo, onde vive atualmente, mas preferiu ficar mais algum tempo posando de bela estudante de Turismo em Porto Alegre. Entre idas e vindas, caiu nas graças da imprensa paulistana e, de uma só vez, fez os principais desfiles da temporada de moda da cidade. Já freqüentou as páginas da revista *Marie Claire*, da *Desfile*, mas prefere a passarela, onde estreou sob elogios dos mais influentes produtores de moda do Brasil.

OSSOS DO OFÍCIO "No primeiro dia em que entrei na agência havia várias garotas, e foi inevitável: elas me olhavam de um jeito implicante, pensando, imagino, 'lá vem mais uma'. Mas passou, e hoje me dou bem com todas. Quando não conhecem, é natural que não dêem muita confiança. Hoje, no entanto, já fiz muitas amizades."

PRESENÇA "Uma coisa que não se faz é faltar a testes. Se se falta, o pessoal da agência fica furioso. De alguma forma, a agência participa mais da sua vida. Até porque a maioria das modelos não é de São Paulo. Todo mundo está sozinho, e há uma preocupação com essa situação."

Nasceu em Porto Alegre (RS), em 01-09-72. **Altura** 1m80cm **Manequim** 38 **Olhos e cabelos** castanhos

BLUSH "Tem de se arrumar como se se fosse sair, ir a algum lugar especial. Se é teste para lingerie, é necessário ir com um biquíni por baixo da roupa. É legal também chegar maquiada, mas sem exageros. Evito muito os saltos porque já sou muito alta."

Priscila Barp

Quando se lembra de histórias da infância, Priscila Barp não esconde que era uma criança "daquelas que atravessavam a rua com medo de dizer oi", tamanha sua timidez. Ainda assim, preferiu a alternativa do mundo da moda aos conselhos de que também poderia tentar ser jogadora de vôlei ou basquete, graças a sua altura. Fez sim a escolha certa. Além de trabalhar fora do Brasil ainda adolescente — "só com o inglês do colégio", como diz —, aprendeu, com o trabalho, as regras de convívio profissional passo a passo. Hoje, a modelo freqüenta espaços tão diferentes quanto os desfiles mais importantes do calendário nacional ou as colunas sociais mais prestigiadas da imprensa. Somente sua presença já é notícia.

LEMBRANÇAS "Era aquela aluna que sentava nas últimas cadeiras da sala de aula. Tinha cabelo curtinho, parecia horrorosa. Me chamavam de Olívia Palito, pau de virar tripa, magricela. Só não chorava porque era muito valente. De tanto as pessoas insistirem, foi nessa época que comecei a ler as revistas sobre moda, com 11, 12 anos. Pouco tempo depois, já estava por dentro da vida de todas as modelos."

INSEGURANÇAS "Nunca fui segura, confiante de que era realmente bonita. Se pudesse, não teria começado com 14 anos, porque aprendi tudo muito lentamente. Se tivesse começado com 17 ou 18 anos, teria aprendido tudo mais rápido. Teria mais estrutura para agüentar as dificuldades que vêm junto com a profissão."

Nasceu em Porto Alegre (RS), em 09-11-74. **Altura** 1m79cm **Manequim** 38 **Olhos e cabelos** castanhos

PERFECCIONISTA "Sou uma pessoa que exige demais. Além de exigir, cobro demais. Quero a perfeição para que a foto fique perfeita. Sei quando uma coisa vai sair bem ou não. Entendo o meu corpo, a minha cabeça, todos os meus defeitos, o que funciona e o que não funciona. Esse é o lado bom de me concentrar muito em mim."

CORAÇÃO E MENTE "Em vez de ter tantas pessoas dentro da agência dizendo para as modelos que elas precisam fazer regime, deveriam proporcionar um psiquiatra. Ninguém tem noção do que se cobra, do que é a cabeça de uma modelo. Todo mundo acha que é só o físico, mas é muito difícil entender como as coisas funcionam. No meu caso, preciso separar a 'Priscila produto' da 'Priscila pessoa'."

Laura Kasper

Típico caso de "patinho feio", pelo menos na visão dos colegas de infância, Laura Kasper foi seduzida pelo anúncio de um concurso de modelos que dizia o seguinte: "Se você tem um defeitinho, se inscreva". Dito e feito. Um terceiro lugar muito bem-conquistado levou a moça ao Japão exatos 15 dias depois da final. Desde então, armou revanche em forma de sucesso. Daquelas que só pensa no colo da mãe quando se flagra carente, Laura vibra com trabalhos na passarela e segue segura de que a trilha do sucesso tem a ver com cada qualidade assumida.

RECURSOS "Só comecei a fazer ginástica quando parei de crescer. Temia que os exercícios me fizessem ficar ainda mais alta. Nunca tive problemas com peso, e o cuidado que tomo é ficar o menor tempo possível maquiada. Quando chego em casa, tenho a preocupação de passar um esfoliante para tirar todas as impurezas. Completo a limpeza com um tônico para pele — para fechar os poros —, um hidratante, e só."

PREPARO "Antes de mais nada, quando a menina começa na profissão, é preciso fazer uma análise do potencial que tem. Para evitar grandes decepções. Algumas pensam que é levar a foto na agência e com isso virar capa de revista. Assim não funciona, até porque é um mercado muito competitivo, e não se pode desistir na primeira barreira que aparece."

ANÁLISE "Aprendi a gostar de mim do jeito que sou. Não posso ficar procurando defeitos. Já bastam a sociedade e as pessoas que, por algum motivo, não vão gostar de mim. Antes, tinha complexo, pensava que as minhas pernas eram grandes demais. Mas superei tudo."

Nasceu em Passo Fundo (RS), em 10-06-78. **Altura** 1m79cm **Manequim** 38 **Olhos** castanhos **Cabelos** castanhos

Gisele Fetter

Apaixonada por rock, Gisele Fetter aparecia em campanhas para marcas como Hering ou Sulfabril quando tinha ainda oito anos. Deu uma parada por causa dos estudos e voltou ao trabalho de modelo quando tinha 14 anos. Sempre de olho nas revistas internacionais, ela trocou Porto Alegre, onde viveu muitos anos, pelas capas das revistas e escolheu São Paulo como ponto de referência.

ENTRAR E SAIR "Uma modelo se sente realmente modelo quando está na passarela. É você e Deus. Não existe mais nada. O seu andar não vai passar por um computador, a sua maquiagem e o seu cabelo não vão ser retocados. Se você cair, vai poder levantar e sair andando, dando risadas do que aconteceu."

À VONTADE "Faço topless quando vou à praia. Já fiz alguns desfiles e fotos com os seios à mostra. Não tenho problema: depende do fotógrafo, da produção, do objetivo da foto. Colocaria fotos assim no meu book sem o menor problema."

OPÇÕES "As pessoas com as quais me relaciono vivem das formas mais alternativas. Até hoje acho que o jeito como vivo é diferente, e até ganhei o apelido de 'punk model'. Não tenho nenhuma pessoa ligada à moda no convívio mais restrito. Antes da atividade profissional que exercem, são todas pessoas modernas."

Nasceu em Lajeado (RS), em 20-01-75. **Altura** 1m75cm **Manequim** 38 **Olhos** verdes **Cabelos** loiros

ASSÉDIO "Nunca precisei me apoiar em alguém como bengala, nem sentar no colo de nenhum empresário para ganhar dinheiro. Estas meninas que se dizem 'modelo' e vivem ganhando presentes, aceitando caronas e indo a jantares milionários prefiro não cumprimentar para não prejudicar a nossa classe. Se precisar de dinheiro de homem, peço para meu pai, que sempre me apoiou em tudo."

Letícia e Rodrigo Gesswein

Milene Zardo

Cristiane Cavalcante

Sabine Freyer

as a g

ências

UMA GAROTA estréia oficialmente como modelo no dia em que consegue ter seu book disponível numa agência. Sem a agência, é como se faltasse um "registro profissional" no mundo da moda. O motivo é simples: as agências são o ponto de partida de qualquer editor, produtor ou fotógrafo quando têm a missão de encontrar a pessoa ideal para um trabalho específico. Tanto no universo publicitário quanto na imprensa especializada em moda, não se costuma sair pela rua procurando o tipo perfeito. É nas agências que tudo começa. Ali, se não tiver sido descoberta num concurso, a candidata a modelo passa por uma prova de fogo ao ser avaliada por bookers e diretores.

PARA COMEÇAR, os donos das agências avisam: não adianta tentar se candidatar se tiver menos de 1m75cm e mais de 90cm de quadris. São referências do mercado internacional de moda no que diz respeito à passarela, passagem obrigatória das top models, o que todas as agências procuram. As exceções, quando a menina não chega a ser tão alta, estão relacionadas ao mercado de fotos e filmes publicitários que, se limita a carreira de algumas, também não descarta as "baixinhas" irretocáveis, harmônicas e perfeitas em suas proporções. Todas as regras, no entanto, por mais rígidas que sejam, têm suas concessões. Neste universo, com um percentual baixíssimo de aproveitamento das que querem chegar lá, a regra do caso a caso pode funcionar.

TUDO VAI depender daquela primeira avaliação dos diretores. Se eles acreditam que a garota tem potencial, chegam a investir previamente nela, descontando depois de seus primeiros trabalhos. Para algumas poucas eleitas, as agências bancam o que seria uma formação. Ou, como diz o diretor de departamento de *new faces* de uma agência, fazem com que ela se contagie pelo "vírus da moda". Implica cabelos e pele irretocáveis, peso exato — às vezes atingido em academias de ginástica —, aprendizado em inglês e, claro, o primeiro book para conferir a fotogenia da moça. Quando a modelo começa a trabalhar, paga pelo investimento — que pode também incluir a estadia nos apartamentos que as agências mantêm em São Paulo, onde se concentra o mercado brasileiro de modelos.

NÃO HÁ NÚMEROS exatos de quantos modelos deve ter uma agência. Algumas têm 50, outras passam da casa dos cem. O percentual entre homens e mulheres sempre fica entre 30% para o elenco masculino e 70% para o feminino. Internamente os modelos podem integrar departamentos diferentes. Como diz o nome, há o *new faces*, reunindo os mais jovens, com idade a partir de 13 anos e quase nenhum trabalho no composite, que é uma espécie de cartão com dupla face, que reúne as melhores fotos do modelo e suas respectivas características físicas. Os modelos que têm nesse composite editoriais e campanhas feitas por fotógrafos famosos normalmente já são atração extra para os responsáveis pelos departamentos internacionais das agências. São as pessoas que "vendem" a imagem do modelo para o mercado externo, trabalhando em parceria com agências estrangeiras.

AS AGÊNCIAS ficam em média com 30% do que ganha o modelo. Em troca, cuidam de sua carreira com zelo incomum, já que quanto mais cotados melhor para a agência. Nessa fase, vale até decidir sobre os trabalhos que o profissional deve aceitar, que vão prestigiar mais a carreira do modelo, quase sempre disputado por várias agências.

Todas as perguntas para os agentes da beleza

Ina Sinisgalli, responde:

Existe dificuldade comum entre as garotas quando elas começam a carreira?

Algumas ficam carentes, começam a comer, engordam e não conseguem trabalho. Ficam deprimidas. Depende da estrutura de cada modelo. Mas a negação não é uma situação fácil de ser enfrentada, ainda mais quando se tem 16, 17 anos.

Como resolver isso?

Tem espaço para todo mundo, mas a competição aumenta cada vez mais, e as meninas acabam se comparando umas às outras. O importante é que cada uma descubra o seu próprio estilo.

Se ela é linda, mas não tem dinheiro nem para as primeiras fotos?

Se a menina é bárbara e não tem condições, a agência banca. Quando ela começa a trabalhar, vai-se descontando do cachê aquilo que foi investido. Mas é um projeto caro e não dá para fazer com todo mundo.

De todas que chegam à agência, qual o percentual de aproveitamento?

Dois por cento das que aparecem têm realmente condições. Só trabalhamos com quem tem perfil para ser modelo internacional. Os requisitos são rígidos.

Como lidar com as que são muito jovens?

Elas precisam de limites, há regras de conduta a seguir. É interessante porque elas se sentem cuidadas, apoiadas. A gente acaba se sentindo uma segunda mãe, com responsabilidades e encargos.

Eli Whabe,

diretor da Mega, responde:

Experiência conta na hora da escolha?

Sou totalmente indiferente à experiência na hora da seleção. Adoro trabalhar com a modelo que está com um book fantástico, mas também adoro aquela que está começando, que ainda não fez sequer um trabalho.

Beleza ou estilo?

A mulher dever ser bonita. Não gosto de mulher estranha. Quando a modelo é bonita, nada me incomoda nela, pois acho a beleza mais importante que o estilo. E as melhores modelos, e as mais bonitas, são do Rio Grande do Sul.

Lica Kohlrausch,

diretora da L'Equipe, responde:

Quais são os mercados de trabalho do modelo?

São três mercados específicos: a passarela, a mídia impressa, como revistas e anúncios, e a mídia eletrônica, trabalhos em vídeo. Os que conseguem se dar bem nos três itens são os modelos que mais trabalham, com faturamento muito maior do que quem só atinge um desses mercados.

Como se dividem esses mercados?

O mercado tem em média 60% de trabalho em filmes publicitários. Para um modelo pegar campanhas em mídia eletrônica, que são comerciais para TV e cinema, tem de ser desembaraçado. Ter a química com o vídeo para interpretar vários personagens.

Quanto tempo leva para um modelo começar a trabalhar?

Se está se iniciando, pode demorar de seis meses a um ano para começar a acontecer, a pegar trabalhos. Não é uma regra. Ele precisa se preparar e ter paciência.

Quem são os clientes das agências de modelos?

As agências de publicidade, os fotógrafos, os produtores de vídeo e as revistas. Na agência não se pode ficar esperando os clientes. Às vezes você tem de atacar o mercado, oferecer novos nomes, saber se os clientes estão precisando de alguma coisa.

Qual a importância do editorial para um modelo?

O importante de se aparecer nas melhores revistas é o retorno com o material que vai para o book. É óbvio que o modelo vai conseguir trabalho com melhores cachês depois de aparecer em editoriais.

Hélio Passos,

diretor da Ford Rio, responde:

Qual é a melhor vitrine para modelos?

Vai ser sempre o editorial de moda. Modelos como Cindy Crawford e Linda Evangelista continuam fazendo editoriais por US$ 100. Elas precisam continuar investindo na renovação de seus books

E o melhor mercado do mundo, qual é?

O mercado europeu é sempre ávido por novas pessoas. Eles precisam acompanhar as mudanças, as tendências. O estilo inclui o visual novo de homens e mulheres. A Europa e o Japão são os melhores compradores de mão-de-obra.

Como são selecionados os casais?

As mulheres que funcionam internacionalmente e que hoje funcionam melhor no Brasil têm em torno de 1m80cm de altura. O padrão estético ainda é o homem maior, que abraça a mulher. Nesse caso, para o homem funcionar, tem de ter em média 1m87cm de altura.

O que pensa sobre modelos na TV?

A televisão precisa desse material humano. Busca a beleza no mercado de modelos. Se são despreparados, são bonitos também. A televisão acaba aceitando-os. E eles, os modelos, têm de cumprir todo um processo de aprendizado. Unem-se as possibilidades aos interesses.

Gustavo Vicenzotto,

diretor financeiro da Mega, responde:

Shirley Mallmann é a melhor modelo brasileira?

Existiram brasileiras que conseguiram sucesso no exterior, mas nunca fizeram tantas coisas importantes, em tempo recorde, como Shirley Mallmann fez. E ainda tem muita coisa por fazer.

Por que tantas modelos de sucesso sao gaúchas?

No mercado brasileiro 30% dos modelos sao gaúchos e são excelentes. É pela mistura de raças, pela descendência alemã e italiana, oriundos do interior do Estado, bem nutridos e com uma juventude sadia, vivendo em lugares tranqüilos.

Marcus Panthera,

ex-modelo e diretor da Mega, responde:

Há um padrão de tipos físicos com maiores chances?

O tipo que nos agrada é aquele que fica na última cadeira na sala de aula, que é magrela e que os colegas apelidam de "fio de macarrão", "girafa". Aquele que no começo é meio desengonçado e pode se tornar um grande modelo no futuro.

Existe defeito comum a todas as modelos?

Da top model Claudia Schiffer até a menina mais feia que se inscreve no concurso há um risco comum: a insegurança. A modelo nunca sabe, por mais que trabalhe, qual vai ser o dia seguinte.

Mãe de modelo ajuda ou atrapalha?

Mãe de modelo é um capítulo à parte. Muitas vezes ela é muito mais modelo que a própria filha. Ultimamente, as mães estão ajudando mais do que atrapalhando. É uma questão de confiança.

Qual seria a idade em que a modelo chega ao ápice?

Há meninas de 13 anos com 1m80cm de altura que aparentam ter 18. Vamos vendê-la com uma imagem de 18 anos. Considero o ápice da carreira entre 18 e 25 anos.

Por que parou de trabalhar como modelo?

Como modelo, consegui tudo que queria. Numa vinda ao Brasil, quando minha filha estava com dois anos, percebi que ela não me reconhecia. Mudei minha vida. Vim trabalhar no Brasil e aproveitei a experiência lá fora para cuidar de departamentos internacionais de agências.

Maria Carvalho,

ex-modelo e booker da Mega, responde:

Há como trabalhar sem agência?

É impossível para uma modelo trabalhar sem agência. É a agência que negocia e recebe o cachê, conduz a carreira, determina as melhores viagens. Seria uma coisa antiprofissional uma modelo trabalhar sem agência.

Como funciona a seleção na agência?

Não é um caso de amor à primeira vista. Não se trata de uma relação passional. É preciso olhar para uma menina e saber se ela tem potencial como uma "mercadoria".

Quais as características físicas para se dar bem na profissão?

Se ela for realmente maravilhosa, se tiver altura, se for magra, se tiver um rosto fenomenal, e esta beleza estiver condizente com uma época, é praticamente impossível ela não se dar bem. Se ela não construir uma carreira pode ser por algum problema psicológico.

Existe regra de beleza?

Ou você tem, ou você não tem. O que depende de você é cultivar, melhorar, porque milagre não existe. O bonito tem de se cuidar para ficar mais tempo bonito.

O que pensa sobre a lenda de que mulher bonita é burra?

Acho uma tremenda dor-de-cotovelo das feias, que têm de colocar defeito porque a mulher é bonita. As bonitas são burras e as feias, inteligentes? Cada pessoa tem o seu potencial. Existem modelos inteligentes, médias e burras. Assim como há feias inteligentes, médias e burras.

Liliana Gomes,

ex-modelo e diretora da Elite, responde:

O que pensas sobre os concursos de modelos?

Eu, como ex-modelo, sei que os concursos são a grande oportunidade de os candidatos se lançarem no mercado de trabalho. Marcam o início da profissionalização no competitivo mercado. Vencer não é o mais importante, e sim participar, pois Cindy Crawford não venceu e é top, assim como milhares de outros exemplos.

Como se descobre que uma garota pode ter futuro como modelo?

Em vários pontos: deve ter altura e possibilidade de crescer; peso e possibilidade de emagrecer; beleza física e principalmente personalidade, o que eu considero a característica mais importante. Também boa atitude e bom humor no trabalho e na agência.

Modelo baixo tem chance?

Tem chance sim. Mas eu diria que ela tem mais possibilidade de perder um trabalho, caso haja uma outra modelo com as mesmas características, mas com uma altura superior. Na verdade, a escolha é do cliente. É ele que dá as características ao mercado.

Qual a importância dos editoriais para a modelo? E dos desfiles?

Os editoriais confirmam o profissionalismo de uma modelo, a sua boa situação no mercado da moda. Sem eles, os clientes ficam inseguros em usar ou não determinada modelo para um trabalho. Já os desfiles são como uma vitrina: expõem a postura e a segurança da modelo. Mas ambos popularizam a imagem da modelo e a fazem conhecida do grande público.

Quais as dificuldades enfrentadas pelos modelos no exterior?

Para o modelo, cada mercado novo é como um novo começo. Eventualmente ele tem que fazer um book novo e rever todos os clientes, como uma *new face*. Essa é a dificuldade de modelos já famosos no Brasil, ao lançar-se no mercado exterior.

Marco Aurélio de Rey,

diretor da Ford, responde:

Como é o trânsito de modelos brasileiras fora do país?

Há modelos que são top no Brasil e estão começando de novo no exterior. Lá fora, a competitividade é muito maior. Por isso que insisto com as modelos para que estudem línguas, para que aprendam a falar mais idiomas.

Por que tantas garotas querem ser modelo?

É um sonho. Existia antes o sonho de ser miss, de ser atriz. Com a popularização da carreira de modelo, ser modelo hoje ultrapassa tudo isto. Tem a ver também com a importância da moda dentro da economia do Brasil.

Mudanças no visual mudam personalidades?

Aos poucos vamos colocando a modelo de uma maneira que agrade ao mercado e a ela, claro. Mas de uma forma que a moça não se sinta muito estranha, por exemplo, se um dia precisar se transformar de uma loira de cabelo comprido numa ruiva de cabelo curto.

Letícia Gesswein

Letícia Gesswein já rodou o mundo graças a sua beleza. Hoje, depois de estrelar campanhas e editoriais em praticamente todos os países europeus, diz em alto e bom som que prefere a felicidade — no que diz respeito inclusive à cidade que escolheu para viver — a ganhar rios de dinheiro. Brincalhona, já chegou a fazer dois cocos virarem sapatos quando fotografava com modelos mais altas que ela. Um pouco por causa da altura e também por opção pessoal, ficou longe das passarelas. Mas sempre obtém elogios mais que justos como uma das modelos mais fotografadas de sua geração.

LUZ PRÓPRIA "Beleza é estado de espírito. Vem de dentro. Cada dia é um dia. É também o seu jeito de falar com as pessoas, a forma como apresenta suas idéias. Por outro lado, já que a profissão é a beleza, no trabalho é preciso estar bem o tempo todo."

CALENDÁRIO "O maior sonho da minha vida era que houvesse, em Porto Alegre, um mercado como o de São Paulo, que é um lugar estressante. Porto Alegre é uma cidade maravilhosa de se morar e não a troco por nenhum outro lugar do mundo."

Rodrigo Gesswein

Rodrigo Gesswein começou a trabalhar depois de uma viagem a São Paulo com a irmã, Letícia, que já trabalhava como modelo. Conciliou o início da carreira com a escola e hoje não costuma perder nem um desfile. Na TV, apareceu com cara de 17 anos em comercial de sorvete e com jeitão de 25 num filme de cerveja. Versátil, planeja detalhadamente sua agenda e encara cada compromisso como um novo desafio que pode sempre render novas glórias.

VARIAÇÕES "Se é para ir como garotão, tenho que fazer a barba. Se é para outro tipo de trabalho, para parecer mais velho, por exemplo, e estou com a barba ralinha, vou assim mesmo. E mudei muito o jeito de me vestir. Alguns estilistas dão a roupa de presente. Gosto de andar arrumadinho."

SUPORTE "Todo mundo me apóia. A gente vai amadurecendo e vê os amigos de verdade. A família é o mais importante, e a minha é maravilhosa. Para mim, aliás, a maior dificuldade é morar sozinho. Sou bastante apegado à família. Demorei para sair de casa, mas isso também, de alguma forma, faz você crescer."

Ela nasceu em Porto Alegre (RS), em 30-02-74. **Altura** 1m70cm **Manequim** 38 **Olhos** verdes **Cabelos** loiros

Ele nasceu em Porto Alegre (RS), em 28-06-75. **Altura** 1m83cm **Manequim** 40 **Olhos** verdes **Cabelos** castanhos-claros

AMADURECIMENTO "Tive de amadurecer muito cedo. Apesar de ter 17 anos, era ainda uma criança. Não entendia nada da vida e, de repente, já não estava mais morando com os meus pais: tinha o meu próprio dinheiro. O amadurecimento acaba vindo com o tempo, com tudo que você vai vivendo."

CHIMARRÃO "Para ser um bom modelo não é só ter uma cara bonita, tem de se ter carisma. Sempre demonstrar que se é daquele jeito. E os grandes modelos são os que têm carisma."

Milene Zardo

Adolescente, Milene Zardo viveu momento incomum ao enfrentar um problema físico que só se resolveria se passasse horas seguidas usando um colete ortopédico. Na época, nem imaginava que poderia viver da própria beleza. Aos 13 anos, o patinho feio virou Cinderela. Levada pela mãe, que trabalhava na televisão, a garota recebeu, nos bastidores, convite para fazer fotos. Passaram-se dois anos até ela começar a posar oficialmente. Na seqüência, classificou-se em sétimo lugar num concurso nacional promovido pela Elite Models. O prêmio: um contrato de US$ 50 mil com a agência de Nova York. Desde então, a moça transita com toda a desenvoltura pelo mundo da moda.

DESAFIO "Aos 12 anos, minha professora de balé descobriu que eu tinha escoliose. Eram duas as opções para resolver o problema: operar ou usar um colete durante 23 horas por dia. Na época, todas as minhas amigas estavam começando a ficar bonitas, e eu era bem feinha e tinha um metal que começava debaixo do queixo e ia até o quadril. Fiquei um ano inteiro com aquilo. Se vejo alguém na rua usando colete, tenho vontade de dizer: você deve estar se sentindo horrível, mas eu já usei isso, estou bem agora e trabalho com a minha beleza."

REFLEXOS "O espelho é o grande amigo da modelo. Até para descobrir qual o seu melhor lado. Todo mundo tem um lado mais bonito do que o outro. Tem-se de ficar diante do espelho, se conhecer cada vez mais. E ter talento, claro."

REGRAS "Nunca tive problemas como falta de respeito por parte das pessoas ou de atraso, por exemplo. Há as modelos que saem todas as noites, bebem a noite inteira e daí chegam atrasadas nos compromissos. Assim não vale. Até porque, ao trabalhar fora do Brasil, o cachê é fechado em horas, e a pontualidade é fundamental."

Nasceu em Porto Alegre (RS), em 14-12-74. **Altura** 1m74cm **Manequim** 38/40 **Olhos** azuis **Cabelos** castanhos-claros

Cristiane Cavalcante

Segura de que seria bailarina por causa da dança clássica que estudou dos seis aos 17 anos, Cristiane Cavalcante mudou caminhos profissionais depois de vencer a etapa gaúcha de um concurso nacional de modelos. Aproveitou o movimento das aulas para colocá-lo a serviço da coreografia da moda. Linda, ela também aceitou um desafio do qual a maioria das modelos prefere ficar distante: posou nua para um trabalho artístico e não se arrepende da decisão. Além disso, já desfilou para Paco Rabanne e estrelou várias campanhas de lingerie, uma especialidade que a moça tira de letra, sempre transformando qualquer risco de vulgaridade em estilo cheio de requintes. Porque disso ela gosta.

SAPATILHA "O balé me ajudou muito no que se refere à expressão corporal. Ao mesmo tempo, não foi uma coisa fundamental para a minha carreira. Cada pessoa nasce com um dom, e acho que nasci com esse. Veio comigo, já nasceu comigo."

HOLOFOTES "O ato de desfilar implica, de alguma forma, interpretação. É preciso fazer gestos, é preciso ter uma expressão facial significativa. Gosto de teatro e quando estou na passarela sinto como se estivesse representando. Tem de se representar a roupa que se veste."

Nasceu em São Gabriel (RS), em 04-07-75. **Altura** 1m76cm **Manequim** 38 **Olhos** castanhos **Cabelos** castanho-escuros

NUDEZ "Estava tensa, claro. Para mim foi difícil tirar a roupa, mas no final achei interessantíssimo. Nunca pensei que pudesse me sentir bem nua na frente de outras pessoas com quem sequer tinha intimidade. No final das contas, foi até divertido."

CONSIDERAÇÕES "No meu caso não existiu aquela história de ter tido sempre o sonho de ser modelo. As pessoas ao redor falavam: você tem altura, é magra. Só então comecei a me interessar. Basi-

Sabine Freyer

Sabine Freyer começou sua carreira de um jeito diferente: usando a vitrina da tradição cultural do Sul, mais exatamente ao ser eleita rainha de uma Ocktoberfest. Foi assim que começou sua ascensão, que teve seqüência quando a modelo foi eleita Miss Nívea Brasil. Passou então a receber convites de fotógrafos e agências e construiu uma carreira sólida e longa. Avessa a estrelismos, tranqüila a ponto de procurar hobbies capazes de amenizar a agitação do trabalho, ela contornou saudades da família quando se mudou para São Paulo certa de que, cultuando características de sua personalidade, estava protegida para conviver — sem deslumbramentos — com o sucesso.

LUZ DO SOL "Gosto de sair, ir ao cinema, me divertir, mas sou uma pessoa que gosta do dia. Não o troco pela noite. Preciso, no mínimo, ter oito horas de sono. Se pela manhã não é possível, durmo mais cedo à noite. É um comportamento inclusive que faz parte do nosso trabalho. De vez em quando, até tomo vinho e adoro uma festa. Mas no máximo uma vez por semana."

AUTO-ANÁLISE "Claro que é bárbaro se ver na revista, mas tem de se encarar como uma coisa muita séria. Essa é a profissão. Não é nada mais que isso. Tem que ser administrada apenas como trabalho, jamais como estilo de vida."

Nasceu em Porto Alegre (RS), em 18-07-71. **Altura** 1m77cm **Manequim** 40 **Olhos** azuis **Cabelos** loiros

LAR, DOCE LAR "Sou completamente caseira e procuro manter o meu dia-a-dia do jeito mais tranqüilo possível. Se tive um dia estressante, vou para a minha casa — que procuro manter sempre confortável —, leio, faço tapeçaria, escolho atividades que sejam um relaxamento. Descanso o meu espírito, porque assim consigo força para continuar no dia seguinte."

os b

Tatiana Abraços

Alessandra Berriel

Cris Ribeiro

Adriana Mattoso

Isabella Fiorentino

Camila Espinosa

astidores

Brazil
by
Júnior

ARMANI
PHYTOERVAS
TOB
STAFF
Chimarrão

No final, eles decidem

DO MESMO jeito que os bookers têm poder de influenciar em alguns trabalhos, nas escolhas da agência, os bastidores da moda invariavelmente guardam poder nas mãos de quem sabe tudo sobre eles. Não há quem não os conheça, nem que seja só da primeira fila dos desfiles. Os editores de moda das principais revistas do país, junto com produtores dos desfiles mais importantes, já conseguiram, por força de seus respectivos ofícios, fazer muitos modelos conhecerem a fama. São eles, editores e produtores, os responsáveis pelos rostos mais vistos numa ou noutra temporada de moda. Formadores de opinião que são, analisam cada detalhe, da atitude à experiência, para fazer castings mais que disputados. Os eleitos, no caso, vão ter de ser exatamente harmoniosos com a concepção do trabalho, o que vai da maquiagem ao nome do fotógrafo escolhido para fazer o editorial.

PARA ALGUNS editores, não há regras. Desde, claro, que o modelo esteja disposto a ser profissional. Em alguns casos, os inexperientes até levam vantagem por, na visão desses profissionais, não terem vícios ainda. Pelo caminho inverso, no caso dos modelos mais conhecidos e respeitados no mercado, há predileções assumidas de alguns editores, produtores e fotógrafos, que não escondem de ninguém que têm seus "queridinhos": normalmente tops que têm versatilidade para vários trabalhos e situações ou que foram descobertos pelos próprios editores que sempre os escolhem.

EM CORO, dando os últimos acertos no desfile ou fazendo prova de Polaroid em estúdio, os nomes que decidem nos bastidores da moda dizem que o modelo precisa, além de ter muito estilo e personalidade, estar em perfeita sintonia com o que acontece no mundo, ser suficientemente informado sobre moda e ter consciência de que está protagonizando uma situação cujo resultado final deve, no mínimo, ser impecável. Na seqüência, alguns desses "poderosos" do mundo da moda falam sobre temas específicos.

No final, eles decidem...

GIOVANNI FRASSON
Editor de moda da revista *Vogue*

NA HORA DA ESCOLHA

"Começo passando a idéia para o fotógrafo. Se ele gostou, vem a decisão dos dois, e partimos para saber qual modelo vai fazer a matéria. Às vezes se perdem dias para se escolher a modelo. Em várias situações, o fotógrafo quer um nome, a diretora de arte, que também participa do processo, quer outro, e o editor, um terceiro nome. É uma complicação. No final, tento convencê-los da minha preferência, mas depende muito do fotógrafo. Quando sei que ele precisa de uma modelo para a roupa ficar boa, eu acabo cedendo."

QUANTO TEMPO VAI DURAR

"Depende muito da versatilidade da modelo. No Brasil a situação é meio cruel com as pessoas que passam dos 30 anos. Esta cultura que preza o jovem faz com que o mercado não dê vida longa para o trabalho do modelo. Às vezes uma mulher de 30 tem a experiência que você precisa e que uma de 14 anos certamente não terá. Em alguns casos, vale a experiência, e num outro momento você convoca uma menina linda de 14 anos."

MAPA DE UM EDITORIAL

"Primeiro temos uma reunião de pauta com toda a redação da revista, com o diretor de redação, o diretor de arte e a diretora de criação. Quase sempre tenho toda a idéia da revista na cabeça e exponho para os outros. Alteram-se algumas idéias a partir das opiniões de todos. Definida essa etapa, passo a pauta para os produtores, que vão para as lojas encontrar as roupas que têm a ver com aquele editorial."

LIXO E LUXO

"O lixo pode transformar o luxo. Você olha a imagem de uma pessoa drogada numa escada, tudo muito sujo, e disso pode traduzir: colocar uma mulher linda numa roupa linda, sentada na mesma escada, com a atitude marginal. A moda é cíclica, é um ciclo, e a gente vai pegando o que já aconteceu, o que está acontecendo e reinterpretando."

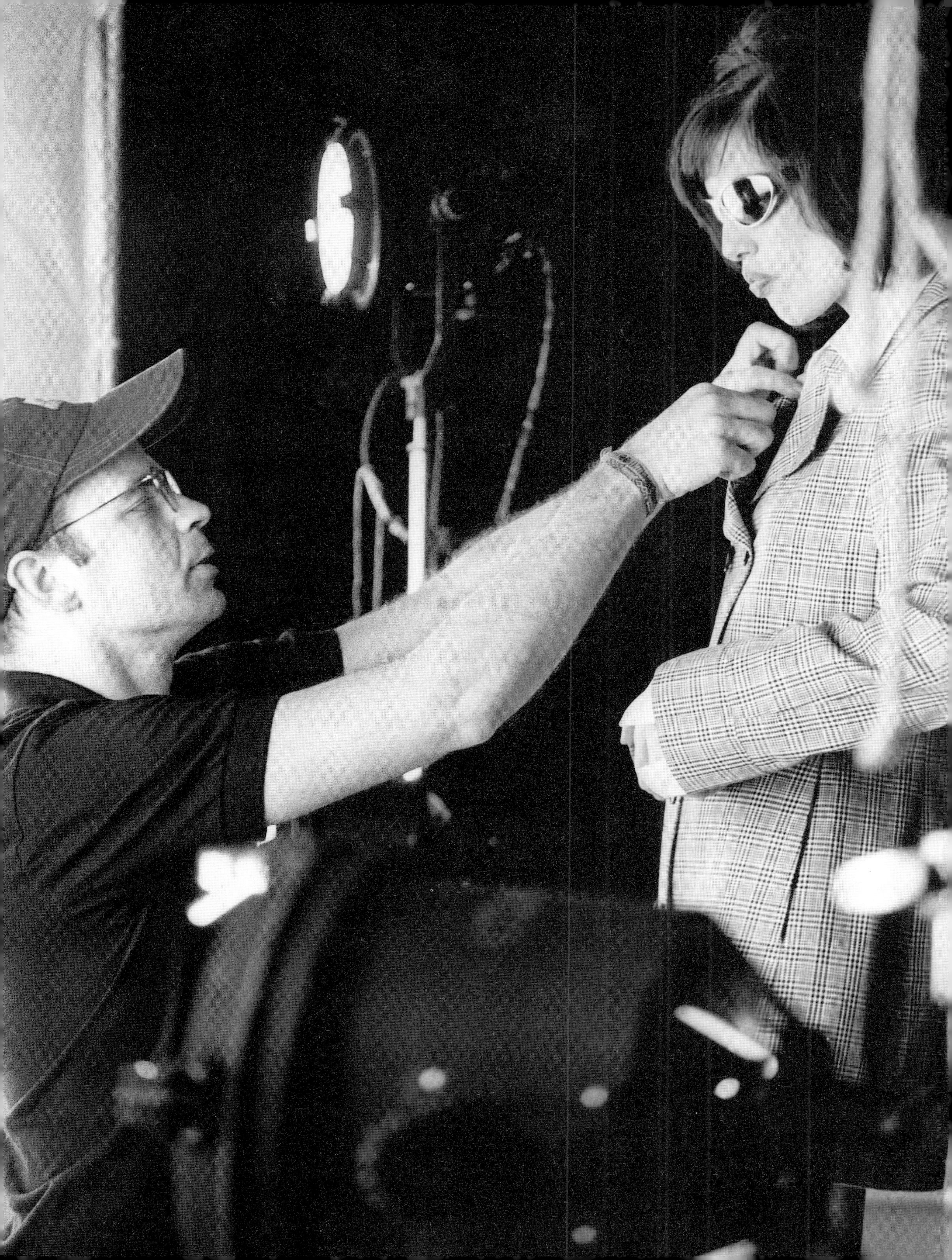

PAULO MARTINEZ

Editor e produtor de moda

ONDE ESTÁ A INSPIRAÇÃO

"Quando é possível, viajo para a Europa para ver os desfiles. Eles são importantes para se saber o que vai acontecer, mas o mais importante para mim é a rua. Observo como as pessoas estão se vestindo. Gosto muito de ver as modelos quando elas saem dos desfiles, a roupa delas quando não estão trabalhando. O jeito de os jovens se vestirem também ajuda muito, porque eles não têm vícios."

DEFININDO O FUTURO

"É uma responsabilidade você pegar uma modelo, principalmente quando é muito jovem, que nunca fez nada, e colocá-la para fazer oito páginas de uma revista importante no Brasil. Você pode fazer dela um sucesso e às vezes, como quase sempre acontece, é um sucesso."

AS REFERÊNCIAS

"Foto de book é uma coisa complicada. Como são muito jovens, porque normalmente são inexperientes, não rendem o que podem render se estivessem com um editor ou um produtor mais experiente. Foto de book é legal para você observar a fotogenia, o ângulo, se a modelo fica legal ou não."

SALA DE AULA

"O que mais me irrita numa modelo durante o trabalho é a falta de cultura. Muitas vezes, não sabem nem o que estão vestindo, não lêem revistas, não vão ao cinema, não se informam. Como é que podem interpretar uma roupa dos anos 60, por exemplo, se mal conhecem a época?"

PAULO BORGES

Diretor de desfiles e um dos idealizadores do Morumbi Fashion

A EFICIÊNCIA DA TÉCNICA

"Técnica de modelo: espelho de casa na sala, salto alto, uma música e horas de caminhada na frente do espelho. Tem que ter um autoconhecimento profundo do movimento, do peso, do equilíbrio; tudo isso é fundamental. Outra coisa importante são vídeos dos desfiles internacionais, com uma qualidade técnica muito grande. Acho que é a maneira mais econômica e eficaz de uma modelo se aperfeiçoar."

O FALSO CONFLITO

"Não acredito que a mulher bonita é burra. Acho isso um conceito completamente ultrapassado, inventado por homens machistas e medrosos. Lido com modelos há mais de 10 anos, e existem pessoas mais rápidas e menos rápidas para entender, para compreender. Mas isso é em qualquer profissão. O problema é que existe um mito de que a beleza não está associada à inteligência. É uma questão da sociedade ocidental moderna. Na Grécia Antiga existia uma união do corpo e da inteligência — e isso dava sabedoria."

ELES E ELAS

"O homem tem uma grande vantagem sobre a mulher. Ele não tem de se preparar tanto para a beleza. O homem é mais bonito quando ele é naturalmente bonito. A beleza do homem está muito mais ligada a uma simplicidade estética. A gente tem um critério muito rígido para colocar as modelos para trabalhar. Não existem tantas modelos com o padrão internacional, que é ter o máximo de 90cm de quadril, 60cm de cintura, 85cm a 88cm de busto, com no mínimo 1m77cm de altura. São padrões muito rígidos. Mas são padrões necessários."

AS ESCOLAS

"Sou radicalmente contra as escolas de modelos. Tem gente que está numa escola gastando dinheiro, perdendo tempo e nunca vai trabalhar, atuar como modelo, porque não tem padrão estético para isso e nunca vai ter. Além disso, há uma energia, uma harmonia que tem que ser natural. Por mais que faça curso, a pessoa não vai conseguir isso, pois não faz parte de sua vida. A modelo, enfim, tem que ter vocação: é o que Deus deu ou não deu.

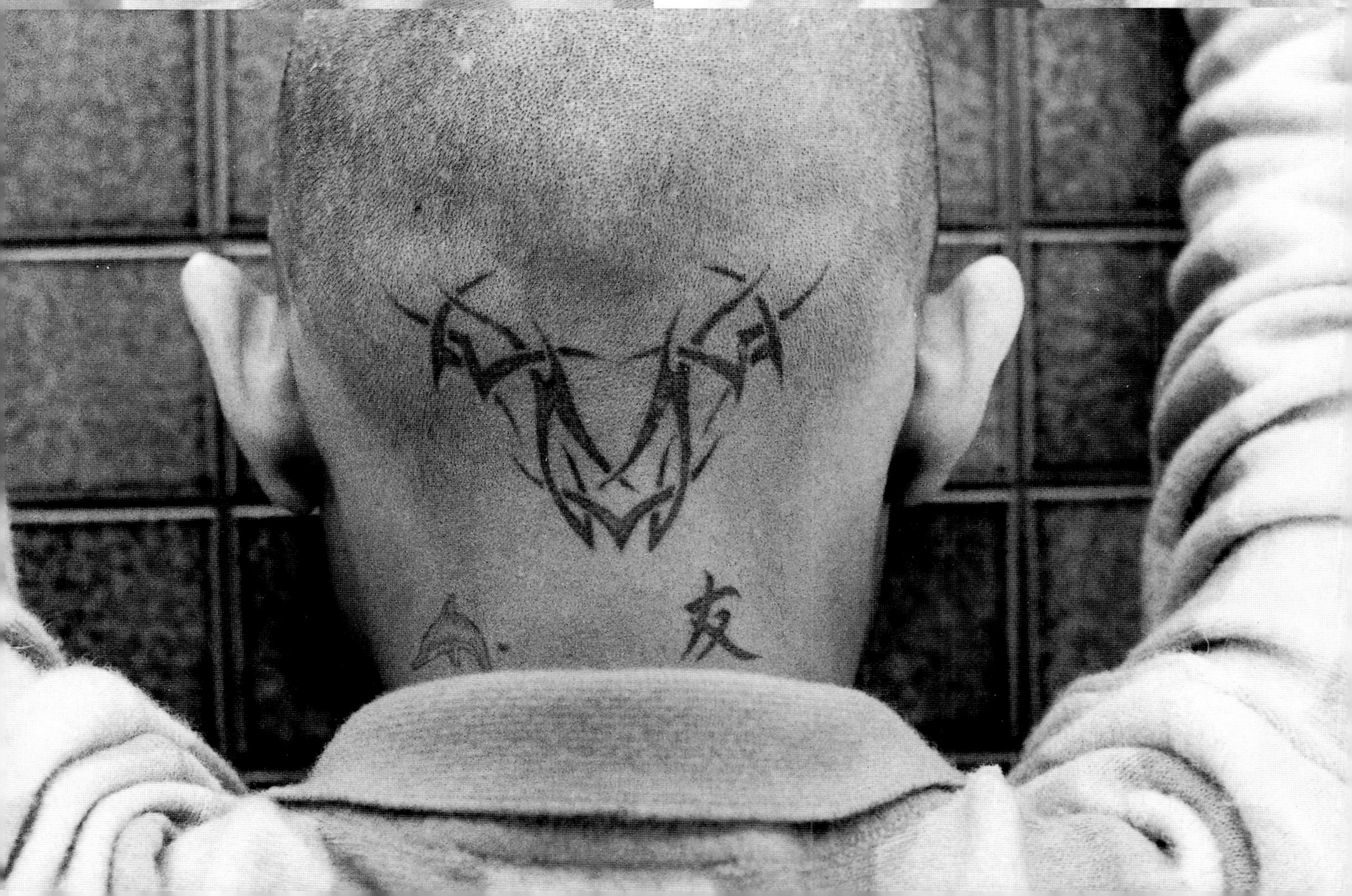

PAULO RAMALHO
Diretor e produtor de desfiles

O QUE PEDE A PASSARELA

"Tem que ser um modelo específico para o desfile de moda. Tem que ser uma mulher longilínea, alta, se possível com as pernas como a parte mais extensa do corpo. É nesse tipo de modelo que a roupa fica bem, sobretudo se ela tiver a leveza, a graciosidade de levar a roupa. Você vê algumas pessoas que nasceram para isso. Aliás, o Sul é um dos maiores celeiros de grandes modelos de passarela que surgem no Brasil."

AS PERSONAGENS

"O ideal é que a modelo consiga interpretar a roupa. No momento em que ela está vestindo uma roupa clássica, ela deve agir como tal. Se ela estiver vestindo uma roupa casual, ela deve criar sua própria jovialidade. Pode parecer incrível isso, mas é só a realidade. Isso a gente chama de 'saber levar uma roupa': se tornar elegante, graciosa, em qualquer tipo de roupa, e não só naquilo que lhe cai bem."

RUY FURTADO
Produtor de desfiles e eventos de moda

ETAPAS

"Hoje em dia, para ser uma grande modelo, as coisas mudaram. Estou falando de mercado internacional. Para acontecer na passarela, tem de acontecer primeiro em editoriais de revistas. Só depois vem a passarela. O primeiro passo é o editorial, porque a passarela era aquela coisa de modelo e manequim. Hoje você vai a Milão e Paris e vê um monte de gente que não sabe desfilar tão bem, mas tem editorial no currículo."

HARMONIA

"Eu sou bastante exigente quando estou trabalhando com modelos. Tudo tem de ser maravilhoso: direção, som, luz, camarim. Tem de haver uma harmonia. E as modelos sabem que essa sintonia é importante dentro do trabalho."

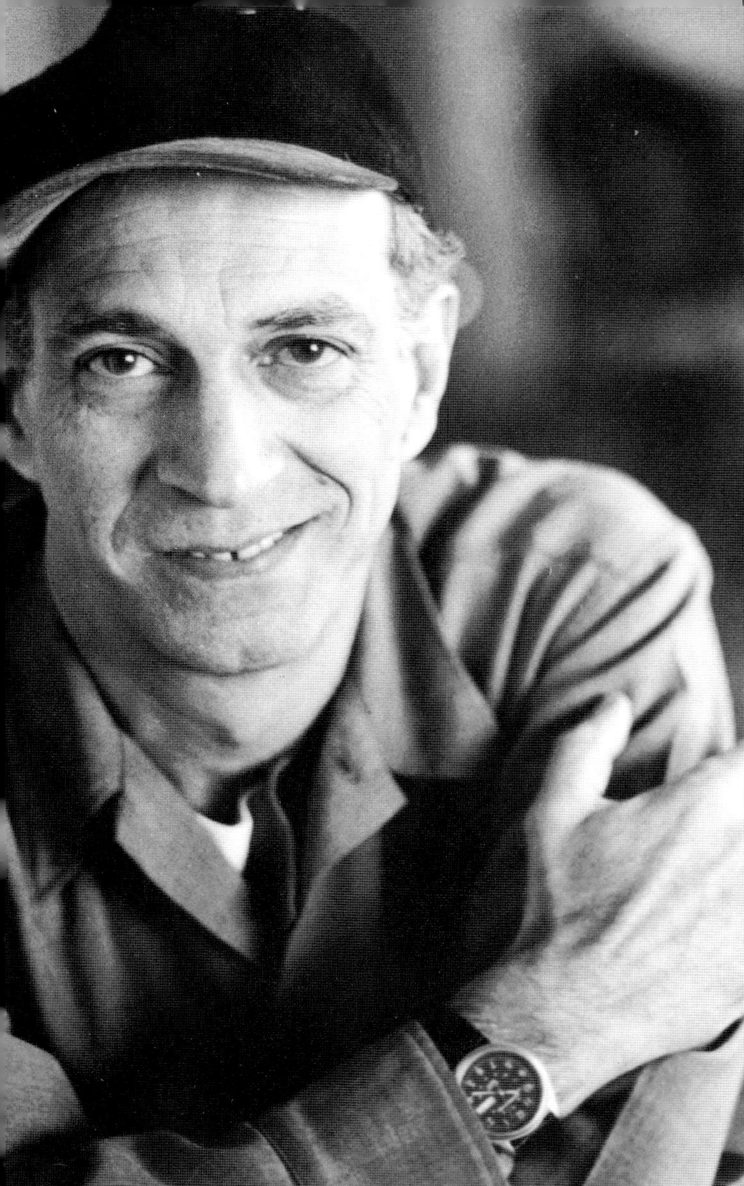

MARIM

LU CATOIRA

Editora de moda das revistas *Desfile* e *Pais e Filhos*

SINCERIDADE

"A modelo primeiro tem de se conhecer. Ela tem de estar o tempo todo jogando o estilo dela, e é assim que vai sendo construída sua personalidade. Outra coisa: se alguém quer ser modelo, vai ter de investir na beleza. É importante a versatilidade da modelo: ou ela é, ou então tem de chegar e dizer, por exemplo, que não é uma modelo de passarela."

REFLEXO

"A mulher do dia-a-dia quer abrir uma revista e se identificar com a modelo. Eu acho que não tem mais aquele perfil de loira com olhos azuis e morena com olhos verdes. O padrão atual é mulher alta e magra. Não precisa ser esquelética, pois a mulher gosta de formas femininas como seios e bumbum bem delineados. Precisa também ter cara de saúde, tanto a pele quanto o cabelo."

PONTUALIDADE

"O que mais conta para mim é ser séria no trabalho, ou seja, respeitar os horários. Afinal, pontualidade é imprescindível, porque a gente trabalha com luz. Tem um momento de luz em fotos externas que não se pode perder, e se alguém se atrasa 10 ou 15 minutos todo o trabalho é comprometido."

110

Tatiana **Abraços**

Tatiana Abraços deu a volta ao mundo sem nem saber direito como daria o próximo passo. Recém-chegada a São Paulo, fez alguns testes e de cara foi trabalhar no Japão. Lá não deixou por menos: passava na agência todos os dias e enfrentava uma hora de passarela, hoje uma das especialidades da moça. Presença certa nos principais desfiles brasileiros — foi o estilista Reinaldo Lourenço que estreou a modelo, num vestido de noiva —, Tatiana já voltou várias vezes ao Japão e seguiu outras tantas para França e Itália. Sempre cultuando uma característica muito pessoal: observadora atenta no trabalho, ela transforma cada detalhe em lição a mais para o seu currículo.

FITA MÉTRICA "Sempre fui magra, desde pequena. De vez em quando, muito de vez em quando, faço algum exercício. Tenho uma alimentação saudável, à base de muita fibra, frutas, coisas naturais. Não como carne vermelha, prefiro um frango grelhado ou peixe, por causa das proteínas. Tomo bastante leite também. O único probleminha é que eu gosto muito de pão!"

EM SEGUIDA "Quando acabar a minha carreira de modelo, quero seguir, continuar no mundo da moda, no mundo fashion. Mas ainda tenho dúvidas sobre o que vou fazer. Veja os estilistas: eles vêm nos arrumar, fazem uma pence aqui, uma costura ali só para aperfeiçoar sua criação. Admiro isso. Adoro também fotografia e, já que estou nisso, por que não prestar atenção, aprender mais. Tem de se aproveitar a oportunidade quando, por exemplo, o melhor fotógrafo do mundo está na sua frente. Tem de se aprender, ver como ele se organiza e usar a cabeça o tempo todo."

Nasceu em Santos (SP), em 07-10-74. **Altura** 1m80cm **Manequim** 38 **Olhos** castanhos **Cabelos** loiros

GLAMOUR "É você estar nas revistas, as pessoas te conhecerem; é você viajar, ser fotografada pelos melhores fotógrafos do mundo, vestir as melhores roupas. Você participar dos eventos mais importantes é o verdadeiro glamour. Então a pessoa tem de ter uma cabeça boa e saber separar as coisas, ter uma vida normal e conseguir controlar-se para que o sucesso não lhe suba à cabeça. Porque a pessoa pode inocentemente tornar-se desagradável, ficar chata e metida, e isso é muito ruim para a carreira de uma modelo."

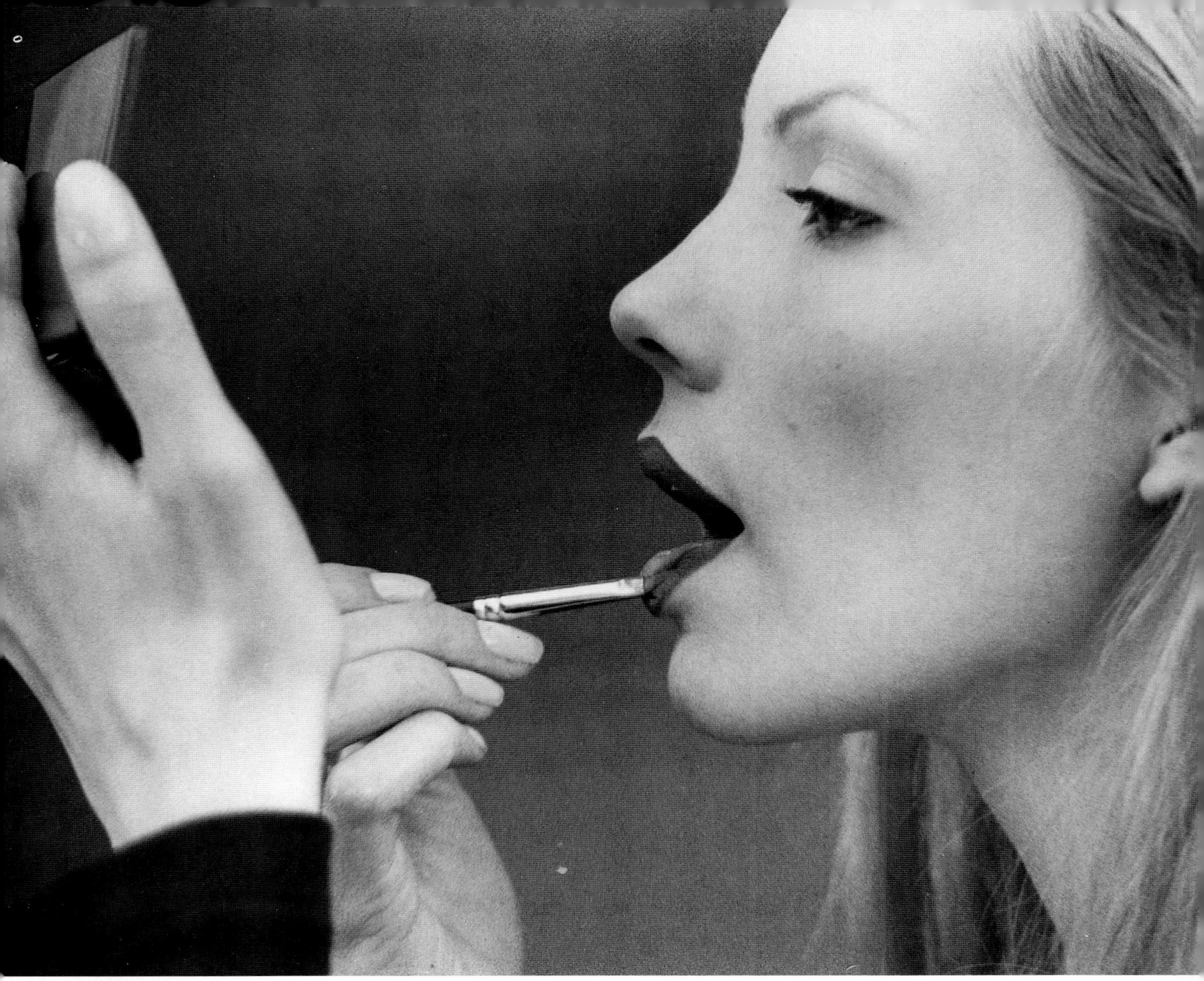

Alessandra Berriel

A caminho dos 10 anos de carreira, Alessandra Berriel faz suspirar estilistas que começaram a ficar famosos na mesma época em que ela. Camaleoa assumida, não passa uma semana sem ir ao salão de Mauro Freire, um dos seus grandes amigos e co-autor de todos os visuais adotados pela top model. Alessandra já trabalhou em praticamente todas as capitais do circuito fashion. No Brasil também não param os convites, graças ao estilo que combina medidas exemplares com versatilidade e faz a modelo freqüentar todas as melhores listas da moda.

APRENDIZADO "Aprendi muito nestes anos todos. Não copiei o estilo de ninguém. Quando comecei a trabalhar, achava Dalma Callado a melhor modelo de passarela. Via muitos desfiles nos quais ela aparecia, mas jamais tentei copiá-la. O que fazia era tentar entender o que ela transmitia quando estava em cena, tentar perceber de onde ela tirava toda aquela energia."

SONHO REAL "Na última vez em que fui ao Japão, levei minha mãe. Ela me explicava o caminho que ela tinha visto em um sonho. Desde pequena eu segurava o dedinho dela. E ali, naquele momento, estávamos exatamente na mesma situação que ela tinha visto no sonho."

MUTANTE "O que é muito importante numa modelo é saber que ela tem de ser diferente, em todas as fotos. O Mauro Freire às vezes brinca assim, dizendo que, quando ele pintou o meu cabelo, eu assumi tanto a personalidade da mulher loira que eu até me esqueci de que era morena."

CRISTAIS "Eu sou do signo de Peixes. Sou supersensível e faço energização, pois é preciso eliminar a energia negativa que às vezes põem em cima de você depois de um dia de trabalho. Esta profissão é muito desgastante, a cobrança é sempre grande, por isso mexe tanto com o ego das pessoas."

Nasceu em Marilia (SP), em 02-03-61. **Altura** 1m79cm **Manequim** 38 **Olhos e cabelos** castanhos

Cris Ribeiro

Cris Ribeiro já foi ovacionada nas passarelas paulistas, chegando a ser chamada de deusa por seus muitos admiradores. Por causa desse detalhe, emprestou seu rosto para o convite do Phytoervas Fashion, uma maratona de moda no calendário de São Paulo. Presença marcante, vai do glamour ao deboche quando a evidência garante, como ela diz, pura adrenalina em cena. De volta de férias entre Nova York e Espanha, encarou seu primeiro desfile, depois de ver seu book meio esquecido na agência na qual trabalhava. Driblou todos os preconceitos por ser negra e, absolutamente segura de seu potencial, foi conquistando espaço e respeito. E, o que é melhor, muitos e muitos aplausos.

COMEÇO "Tudo começou diante da televisão, assistindo ao *Ponto de Vista* da Cristina Franco, há muito tempo, e falando para a minha mãe que queria desfilar. Ela achou lindo e meu pai também. Tinha 14 anos na época. Fiz um desfile no Rio, nem tão maravilhoso assim, mas que me abriu os olhos, o coração, para ter certeza de que era isso que tinha que fazer. Peguei meu book, fui para São Paulo, e tudo aconteceu. Foi devagar. Fiz desfile, editorial para revistas e aos poucos fui sendo chamada para outros trabalhos, e aprendendo o tempo todo."

PRECONCEITO "O meu trabalho é tão maravilhoso quanto o de loiras, ruivas, morenas, de todas. Sou negra e para mim isso não faz a menor diferença, mas precisei mostrar que isso não faz diferença. Demorou um pouco, pois a minha carreira não foi descoberta no supermercado. Me descobriram comigo, vendo meu book."

FORMAS "É aquela história que toda modelo conta. A mais alta da fila, a mais magrinha, a mais estranha, a mais diferente mesmo. Se na adolescência você não tem um trabalho dos pais, fica com complexo. Meus pais foram bem queridos. Sou magra e muito alta. Já pensei em engordar. Mas me curto do jeito que sou, magrinha. Resolvi então eu mesma fazer o tratamento: vou me entender magrinha, e isso antes de ser modelo. Também resolvi não mais me pesar, e posso dizer que peso perto de 60 quilos."

Nasceu no Rio de Janeiro (RJ), em 28-11-72. **Altura** 1m80cm **Manequim** 38 **Olhos** castanhos **Cabelos** pretos

Adriana Mattoso

O nome de Adriana Mattoso é uma senha no mundo da moda. Carioca muito bem-sucedida profissionalmente, desde os 14 anos, quando se iniciou nas passarelas, ela já desfilou para os mais importantes estilistas. Antes de se dedicar por inteiro à carreira de modelo, ela concluiu o curso de Jornalismo, o que, de alguma forma, até hoje contribui para suas incursões na TV, incluindo aparições como apresentadora de programa na MTV. Das lembranças das muitas viagens, sobre as quais perdia o controle, tamanha a quantidade de compromissos, lembra da solidão como um obstáculo que deve ser enfrentado, em contraponto a tantas outras compensações, como a possibilidade de conhecer o mundo em suas mais diversas culturas.

RISCO COMUM "Saber lidar com o ego é fundamental, e muita gente tem dificuldade com isso. No fundo, há mercado de trabalho para todo mundo. Não se pode pensar pequeno, ser mesquinho. A forma de agir e pensar tem de ser grande, no sentido de saber superar as dificuldades e entender que é uma carreira que acaba, como a do atleta, que precisa aproveitar cada momento que tem."

DETALHES "Se em plena passarela a roupa rasgou ou aconteceu algum problema parecido, aprende-se a disfarçar. Sabendo, por exemplo, como tirar o sapato do pé com classe. Cada problema pode ser revertido de alguma forma e virar um charme a mais."

Nasceu no Rio de Janeiro (RJ), em 25-04-67. **Altura** 1m80cm **Manequim** 40 **Olhos** azuis **Cabelos** castanhos

TERRA DAS GIGANTES "Da infância para a adolescência é uma mudança muito repentina. O caminhar é desajeitado, e não se tem domínio dos movimentos. É como um filhote de cachorro, que cresce e vai derrubando tudo. Você não tem noção do seu tamanho. Aprendi a gostar de ser magra do jeito que sou."

Isabella Fiorentino

Linda, Isabella Fiorentino soube esperar o momento certo para dar seu pulo de gata. Depois de participar de um concurso da revista *Capricho*, ficou dois anos disputando fotos e, por algum motivo, não conseguia muitos trabalhos. Quando conheceu o fotógrafo Miro, um dos mais requisitados do Brasil, veio a guinada. Fez editoriais para as principais revistas brasileiras de moda, catálogos de marcas importantes e não pára de aparecer com seu jeito clássico de ganhar o foco. E todos os aplausos.

COLEÇÕES "Tenho milhões de pares de sapatos. Desde criança era assim. Não posso ver um que fico querendo comprar. Na verdade, devo ter uns 30 pares. Gosto de calça preta, botas, jaqueta, de um bom blazer de couro. E um jeans de vez em quando, porque não dá para ficar o tempo todo arrumadinha."

PERFEIÇÕES "Meu nariz é um pouco grande, mas as pessoas adoram. Antes eu odiava, hoje acho que dá estilo. Acabou virando uma referência. Já pensei até em fazer plástica, mas morro de medo. Prefiro acreditar que ele me dá estilo."

PRIMEIROS PASSOS "Quando comecei, não sabia andar direito. Minha mãe me dava algumas dicas, e fui melhorando aos poucos. Não aprendi em nenhuma escola. Quando desfilo, sinto uma sensação de poder. As pessoas olhando, reparando em cada detalhe, e você tendo de ser perfeita."

Nasceu em São Paulo (SP), em 01-06-77. **Altura** 1m77cm **Manequim** 38 **Olhos** mel **Cabelos** castanhos

Camila Espinosa

De São Paulo para o mundo, Camila Espinosa vai de canto a canto, do Ocidente para o Oriente, com uma carreira muito bem-sucedida, que ela administra com zelo. A modelo começou pelos caminhos oficiais: um grande concurso marcando passaporte livre na agência para pular então para estúdios e revistas mais disputados do país, endereços aliás nos quais vem mantendo-se ao longo dos anos. Não perde sequer uma tendência e, sempre atualizada com o que está sendo feito mundo afora, segue segura como predileta de alguns grandes fotógrafos e editores de moda brasileiros.

CUIDADO "Há mães que se deslumbram junto com a filha. Tudo mexe muito com o ego das pessoas. Você pega uma menina de 13 anos que começa a trabalhar ouvindo o tempo todo que ela é linda, que ela é maravilhosa. É supercomplicado. Nunca me deslumbrei. Não é porque sou modelo que sou superior aos outros. É preciso ter humildade."

SILHUETA "Não como carne vermelha. Tento combinar sempre uma proteína com um vegetal. Tento também não comer doce, que eu adoro. Fritura nunca entra no meu cardápio. Minhas amigas ficam brincando: 'Sempre só peixinho!' A única coisa que não consigo abrir mão mesmo é de tomar café."

RENDAS "Na minha idade não ganharia tanto dinheiro quanto ganho com qualquer outra coisa que estivesse fazendo. É um trabalho bom. A modelo viaja, faz milhões de trabalho em vários lugares. Não existe segredo do sucesso. O que conta sempre, e o mais importante, é o profissionalismo."

Nasceu em São Paulo (SP), em 07-03-75. **Altura** 1m77cm **Manequim** 38 **Olhos** castanhos-claros **Cabelos** castanhos-claros

Jorge Gelati

Fabio Soletti

Franklin Dias

Caíque

Marcelo Salem

Rodrigo Baldissarela

Sérgio Dias

os h omens

Caíque

O interesse pela moda e a democratização das roupas estão tornando a profissão de modelo cada vez mais atraente.

Fernando de Barros

Guilherme Medaglia

Nasceu no Rio de Janeiro (RJ), em 25-01-72 **Altura** 1m90cm **Manequim** 42 **Olhos** castanhos esverdeados **Cabelos** castanhos claros **Profissão** ator

Quando eles entram em cena

Por Fernando de Barros

O BRASIL, porque tudo vai mudando rapidamente, não tem o costume de olhar para trás. É compreensível. Geralmente temos a impressão de que o que aconteceu ontem faz parte do hoje.

COM OS MODELOS brasileiros, homens e mulheres que agora brilham em passarelas e revistas do mundo — e mesmo no Brasil —, ninguém se lembra de que a profissão de modelo alguns anos atrás — e não muitos — sequer existia.

QUANDO PELA primeira vez a Editora Abril se interessou por roupa de homem nas revistas, em *Quatro Rodas*, a única revista masculina na época, foi necessário recorrer a um jovem cuja profissão nunca foi — e nem passou a ser — a de modelo. Na época, Eduardo Longo serviu de manequim improvisado nas fotos.

DESDE ENTÃO, foram surgindo modelos e também agências de manequins. E nasceu a profissão que rapidamente foi conquistando espaço e tornando-se, ao mesmo tempo, o sonho de brilhar em passarelas e páginas de revistas, um sonho para muita gente.

COM A DECADÊNCIA do cinema, as modelos ocuparam o espaço que antes pertencia às estrelas. E esse desejo de evidência tornou-se maior quando começaram a surgir modelos vindos de toda parte do Brasil, que conquistaram rapidamente o sucesso na França, nos Estados Unidos e no Japão.

A PROFISSÃO, que em seus primeiros momentos era considerada um trabalho marginal, ganhou com o tempo a referência de pessoas que começaram na moda e acabaram por alcançar também o maior sucesso na televisão — como Xuxa, Luiza Brunet, Silvia Pfeifer, Victor Fasano — e de manequins que vivem na ponte aérea Paris-Nova York.

O INTERESSE pela moda e a democratização das roupas estão tornando a profissão de modelo cada vez mais atraente. Mas este trabalho exige, e exige muito. Não basta sonhar com o sucesso. Para que ele aconteça, além de ser ajudado pela natureza, são necessários muito esforço, muito profissionalismo e sobretudo muita sorte, para tornar-se uma estrela da moda.

A ENTRADA dos homens no mundo da moda explica-se por eles interessarem-se cada vez mais por roupa. Nos últimos anos, a moda masculina passou a ser tão importante quanto a moda feminina. Os homens voltaram a escolher suas roupas, tarefa que durante muitos anos era realizada pela mãe, pela mulher ou pela namorada.

DESFILES são produzidos nas grandes cidades do Brasil e em todos os continentes. Os manequins brasileiros, até antes das modelos mulheres, começaram a ocupar espaços no exterior, e muitos tornaram-se as principais estrelas das passarelas de Paris e Nova York.

Jorge Gelati

Jorge Gelati ganhou notoriedade nacional quando estrelou um comercial para as toalhas Artex que causou frisson na TV. Antes disso, passou quatro anos no Exército, viajou pelo país e começou a carreira meio de brincadeira. Vive em Paris. Aparece com freqüência vestindo criações feitas para marcas famosas como Lanvin, Hermés, Christian Dior e outras tão importantes quanto. De Berlim a Nova York, é fera quando entra no estúdio ou surge na passarela.

CORES "Tenho cabelos brancos desde os 19 anos. No Brasil, quando eu comecei, algumas pessoas diziam que eu devia pintá-lo. Achava que não iria atrapalhar. Nunca pintei, nunca fiz nada no meu cabelo. Deu certo no Brasil e está dando mais certo lá fora. Há um mercado maior para um homem mais clássico. A associação do cabelo branco não significa idade, principalmente para mim. Fica aquela coisa do executivo."

POSTURA "Uma coisa meio engraçada, já dita por várias pessoas, é sobre minha personalidade, atitute, um meio-sorriso no rosto. É incrível, quando estou trabalhando com crianças, como isso se acentua em mim. Se faço uma foto ou estou jogando futebol com crianças, me dá uma paz interior. As pessoas de fora vêm me falar que conseguem ver isso. É um aprendizado permanente."

Nasceu em São Francisco (SC), em 27-03-65. **Altura** 1m85cm **Manequim** 42 **Olhos** verde-azulados **Cabelos** grisalhos

HOJE "Eu ainda não venci, estou correndo atrás. É preciso persistência, estar na hora certa no local certo. O relacionamento, eu o colocaria como uma das primeiras coisas: a maneira como você se aproxima ou deixa a pessoa se aproximar. Nesse meio, assim como em outros universos profissionais, relacionamento é muito importante. Tem que se ser uma pessoa agradável dentro do que se está fazendo. Ninguém quer trabalhar com alguém que seja chato, com alguém que só reclame, com alguém que não tenha iniciativa ou criatividade."

RFFSA

RFFSA

Fabio Soletti

Ao comunicar à família que trocaria o quarto ano do curso de Medicina pela carreira de modelo, Fabio Soletti viu a casa vir abaixo. A oposição, por motivos vastos, foi a primeira reação do pai e da mãe do modelo, que juntou suas economias, mudou-se para São Paulo e não pensou duas vezes ao investir tudo no seu próprio composite. Escorpião com ascendente em Leão e assumidamente perfeccionista, até nas aulas do curso que fazia já incluía uma predileção pela beleza: se não tivesse mudado de carreira, Fabio, com seu jeito de James Dean, atacaria de cirurgião plástico, especialista que, segundo ele próprio, mais se aproxima da arte, o que ele sempre cultuou.

BOM GAROTO "Não acho que a questão seja ter uma postura de bom ou mau garoto. A questão é o tipo de opção que você faz. Para eu aproveitar a vida, não acho que precise, por exemplo, sair toda noite, beber, fumar. Posso também estar em casa lendo um livro. Não existem fórmulas. Cada um tem o seu jeito de ser."

ÚNICO E EXCLUSIVO "É um grande equívoco tentar copiar este ou aquele estilo. Tentar seguir por caminhos que não são os seus. Por isso sempre digo que, nesta profissão, o autoconhecimento é muito importante."

Nasceu em Porto Alegre (RS), em 12-11-69. **Altura** 1m84cm **Manequim** 40 **Olhos** verdes **Cabelos** castanhos

INTUITIVO "Não é preciso ter um diploma para ser modelo. Não se depende desse tipo de especialização. O que você pode fazer, e isso em qualquer profissão, é tentar sempre melhorar a sua cultura. É importante também aprender línguas. Falo espanhol, inglês, estudo italiano e tentei alemão, mas não deu. É muito difícil."

CONTA CORRENTE "Como não se tem um salário mensal, o que tento fazer é manter um controle trimestral de quanto ganho. A carreira de Medicina tem status sim, mas também é trabalho caro se manter consultório, equipamentos. São coisas completamente diferentes e, no meu caso, optei por um trabalho que acredito ser mais artístico. Menos racional."

Franklin Dias

A praia é a paixão do carioca Franklin Dias. Querendo comprar uma nova prancha de surfe, começou a trabalhar como modelo. Foi muito além das ondas. Já apareceu em campanha do estilista Gianni Versace, desfilou para a Maison Lanvin e para Pierre Balmain. Mas prova de fogo passou mesmo quando o costureiro Thierry Mugler em pessoa saiu eliminando, nos bastidores, outros modelos, fazendo seleção para o desfile. Franklin não só permaneceu no elenco como driblou a timidez para ocupar o lugar que lhe fora reservado na cena.

TEMPOS ATRÁS "Lembro que, no primeiro comercial que fiz, o Paulo Autran era o principal personagem. Tinha um monte de figurantes, e eu lá. Fiquei muito tempo sem book porque não levava a carreira a sério, até que uma vez o fotógrafo Mario Testino veio da Europa para o Rio fazer um editorial para a *Vogue Homem* da Alemanha. Fiz o trabalho, e no ano seguinte veio uma pessoa superinteressada em me levar para a Europa."

TÍMIDO "Durante três anos, trabalhei várias vezes na Europa. Agora faço mais trabalhos no Brasil. A timidez me prejudicou um pouco, mas não me impediu de alcançar meus objetivos. O jeito de eu me portar, sempre com medo das coisas, tive de trabalhar dentro de mim. Continuo muito tímido ainda, mas aprendi a conviver com isso."

FUTURO "É difícil fazer planos nesta profissão. A coisa só funciona mesmo quando você tem tudo para fazer. Você vai fazer tudo que estiver ao seu alcance, e ser escolhido, de repente, é uma questão de situação e de momento. Cada um tem a sua hora. Você tem de ser o que você é e ter paciência porque vai chegar a sua hora."

COFRINHO "O modelo é como a formiga: tem de estar sempre armazenando dinheiro para que nunca lhe falte. Tem de estar sempre juntando dinheiro para antecipar-se a situações difíceis que possam vir a acontecer, pois não conta com pagamento fixo."

Nasceu em Niterói (RJ), em 03-08-63. **Altura** 1m88cm **Manequim** 42/44 **Olhos e cabelos** castanhos

Carlos Henrique da Silva Rego (Caíque)

Carlos Henrique da Silva Rego desde há muito é Caíque. Ele estudou no Colégio Militar de Porto Alegre e, sem nem imaginar que era possível, venceu etapa regional de um concurso, ficou em segundo lugar na disputa nacional e desde então vive por conta de seus trabalhos como modelo no eixo Paris-Milão-Nova York. Se a Academia da Força Aérea perdeu um integrante, acabou sobrando para passarelas e estúdios, lugares nos quais Caíque não cansa de arrebatar elogios para seu estilo.

ANDANTE "Nasci em Brasília e me mudei para Porto Alegre muito cedo. Sou candango, mas gosto muito do Sul. A minha criação, dos nove aos 19 anos, foi toda em Porto Alegre, onde cresci e fiz todos os meus amigos. Meu pai é militar, por isso vivemos em muitas cidades diferentes. Fiquei somente cinco anos em Brasília, depois quatro em Anápolis, a maior parte da minha vida, portanto, morei no Sul. Depois foi que eu comecei a ir para São Paulo, para o Rio e também para fora do Brasil."

CASUAL "No início não levei muito a sério. Era apenas um bico. Depois o trabalho foi crescendo e comecei a ganhar muito mais dinheiro como modelo do que como jogador de vôlei, minha outra atividade. Na época, também cursava Educação Física e precisaria trabalhar três meses para ganhar o que, como modelo, ganharia em um dia. Mas, se você está deixando de fazer a faculdade, de fazer outras coisas, de montar um negócio, precisa economizar algum dinheiro. Há meses em que se fatura bem e meses em que não se fatura nada."

Nasceu em Brasília (DF), em 13-09-72. **Altura** 1m90cm **Manequim** 42/44 **Olhos** azuis **Cabelos** castanhos

FM
SW2
SW1
MW
MIC
FM STEREO
TUNING
VOLUME
MIC REC
LED INDICATOR
FUNCTION
MIC REC
RADIO
TAPE

PENÍNSULA "É na Itália que tenho mais trabalho. Às vezes, chego a me ver em três comerciais no ar, já fiz trabalhos para quase todas as revistas italianas, *Max*, *Cosmopolitan*, *Uomo Vogue*. As pessoas me conhecem mais lá. No Brasil, algumas pessoas se lembram de mim, de comerciais antigos. Sabem que sou modelo, já me viram por aí."

Marcelo Salem

Marcelo Salem, depois de salvar muitas vidas, acabou protagonizando uma trajetória profissional inusitada aos olhos dos mais puristas. Ex-integrante do Corpo de Bombeiros — o que virou referência nos bastidores da moda — , ele nunca perdeu de vista outros caminhos. Ariano daqueles que sabe exatamente o que quer, hoje estuda o mercado da moda e revê cada trabalho conquistado. Afinal, medo de fogo não é com ele.

MODÉSTIA "O meu intuito na época era participar do concurso, ficar conhecido e poder entrar numa agência de Porto Alegre. Jamais sonhei em viver em São Paulo. De repente, na etapa nacional deste mesmo evento, quando estava esperando que chamassem o nome de um outro modelo, disseram o meu nome. Fui o único que saiu berrando, gritando. Porque para mim foi surpresa mesmo."

MUDANÇA "No começo a minha família era contra. Achava uma profissão muito sem segurança. Hoje são as pessoas da família as que mais torcem, que mais tentam me auxiliar. O maior desejo do meu pai era que fizesse a Academia da Polícia Militar e me tornasse oficial do Corpo de Bombeiros. Talvez, por ele ter dedicado uma vida a este trabalho, ter um filho oficial fosse importante."

MÚLTIPLA "Você pode começar a fazer outras coisas paralelas que tem em mente. Tudo na vida é motivado por sonhos. E geralmente as pessoas que se sentem realizadas profissionalmente é porque conseguiram realizar alguma coisa. Sigo esse projeto."

Nasceu em Canoas (RS), em 23-03-70. **Altura** 1m89cm **Manequim** 40/42 **Olhos** castanhos-esverdeados **Cabelos** castanhos

Rodrigo Baldissarela

Modelo desde 1992, Rodrigo Baldissarela começou sua carreira de forma discreta e naturalmente bem-sucedida. Fez um curso, providenciou um book e resolveu enfrentar o mercado. Depois de conseguir incluir seu nome entre os finalistas em um concurso, não parou mais de trabalhar. Se o ex-estudante de Direito planeja um dia voltar às aulas, o modelo não descarta a possibilidade de trabalhar no circuito de moda além das fronteiras do Brasil. Espera horas certas para opções idênticas.

AQUI "Adoro Porto Alegre. É no Sul que tenho os meus verdadeiros amigos, aqueles com os quais posso contar a toda hora. Em São Paulo, há a poluição, o trânsito louco, e tudo vai acumulando. E se acaba ficando cansado demais, correndo de um lado para o outro."

CACHÊS "Em termos de dinheiro, são bastante bons os contratos no mercado de São Paulo. Pagam bem quando você participa de um comercial. E não dá para comparar com o Sul, porque o custo de vida no centro do país também é muito mais alto. As despesas são muitas."

Nasceu em Palmeira das Missões (RS), em 17-04-71. **Altura** 1m89cm **Manequim** 40/42 **Olhos** castanhos-claros **Cabelos** castanhos-escuros

IDAS "É legal ir a todos os testes. Em um ou dois dá para se conseguir trabalho, sempre há chances. O mercado é muito competitivo, também por isso é importante que se participe de vários deles."

OPORTUNIDADE "Surgiu uma vez a chance de eu fazer umas fotos. Fiquei meio assim, mas fui fazê-las. Depois deixei-as nas agências de publicidade. A partir daí começaram os contratos, e foi por acaso. Mas são poucos os modelos que se dão bem na profissão, que conseguem algum patrimônio com esse trabalho."

Sergio Dias

Estudante de Economia em Canoas, Sérgio Dias manteve-se resistente às primeiras sugestões de que deveria tentar a carreira de modelo. Ao mudar de idéia, aos 21 anos, mudou também de endereço, de profissão e de perspectivas profissionais. Três meses trabalhando em Porto Alegre foram suficientes para ele conseguir chegar ao mercado de São Paulo e daí para Milão e Nova York foram outros dois passos certos. Já desfilou para a grife italiana Dolce & Gabbana e para o estilista Romeo Gigli, trabalhos que, entre outros, permitiram incluir um apartamento e um carro entre as posses do rapaz — em exatos três anos de carreira.

MERCADO EXTERNO "O que acontece lá fora é que você tem que ficar muito tempo. O cliente quer que você fique, comece a aparecer e só aí é que os melhores trabalhos começam a aparecer de verdade. Significa, como no começo da carreira, que é preciso estar investindo em você mesmo durante um tempo."

Nasceu em Canoas (RS), em 31-05-72. **Altura** 1m84cm **Manequim** 40/42 **Olhos** azuis **Cabelos** castanhos

FICAR OU FICAR "Muita gente vai e volta. Coloquei este objetivo na minha cabeça — de ser profissional — e não desisti. Quando se sai de casa é preciso ter uma força muito grande por trás também. O único apoio é da família. A minha me deu total apoio, além de uma boa formação."

RACIONAL "Tem que se ser inteligente e investir porque se o dinheiro parece que entra fácil também sai fácil. Quando se está começando tem que se ter humildade e simplicidade e encarar os investimentos, as despesas, como coisas necessárias, sem desespero."

MauroFreire
Daniel Hernandez
Silene Zepter

Duda Molinos
Lili
Gianne Albertoni

o espelho

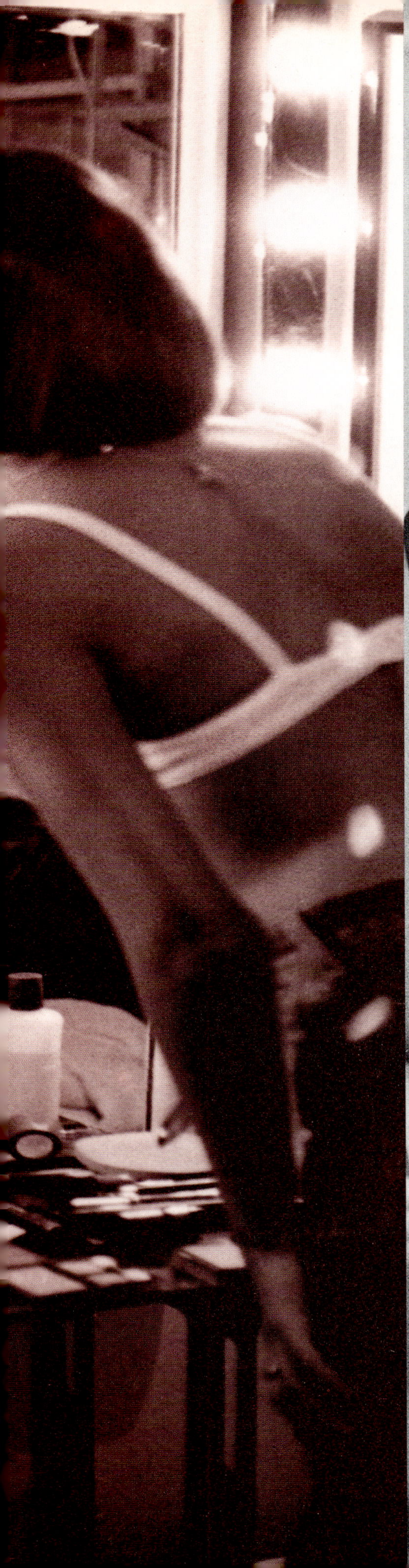

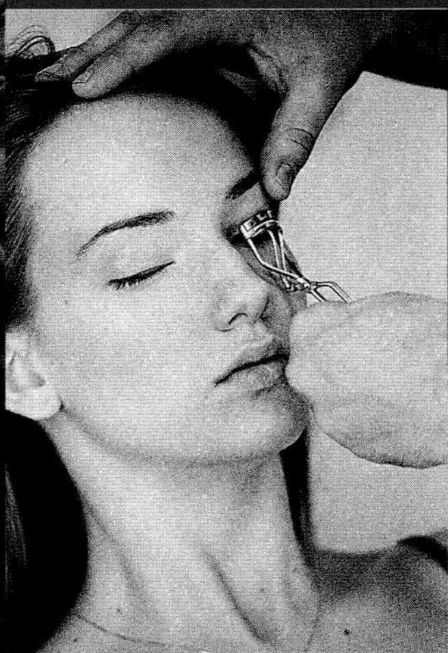
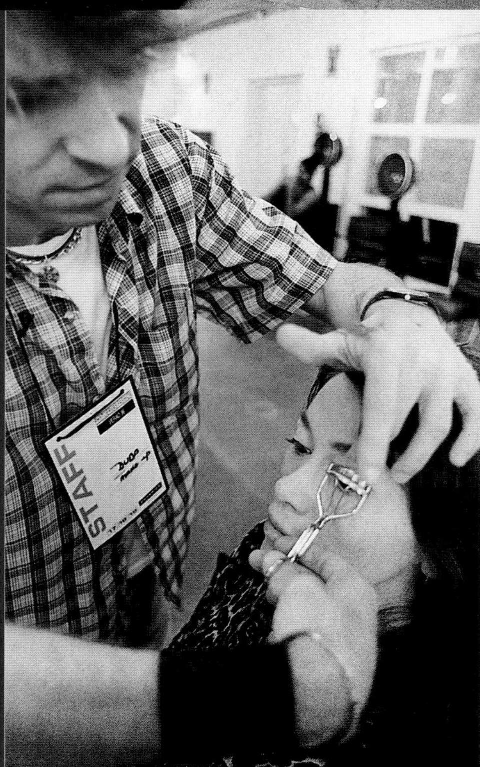
STAFF

O espelho

QUEM já visitou os camarins de um desfile de moda minutos antes da entrada das modelos na passarela sabe que ali, diante do espelho, por maior que seja a agitação dos bastidores, o ritual da transformação está longe de ser um mero detalhe. Quando uma modelo entrega seu rosto — e seu estilo — a maquiadores e cabeleireiros está exatamente no limite mais evidente que separa a "pessoa comum" da estrela que deve atrair para si todas as atenções. Mais do que isso: profissionais superinformados — sobre tendências e novidades da moda —, o maquiador e o cabeleireiro são, quase sempre, cúmplices, por vocação, da beleza das modelos, virando co-autores dos diversos personagens criados por elas — ou por eles. Entre top models, os criadores do make-up são verdadeiros ídolos, referências capazes de ir além do dia-a-dia no trabalho.

COMO OUTROS profissionais do mundo da moda, eles traçam trajetórias muito próximas, que invariavelmente começam com a parceria com os grandes fotógrafos. Muitos falam sobre identificação de linguagens: eles imaginam — e concretizam — na maquiagem, no cabelo e no estilo uma situação anunciada pelo fotógrafo. No final das contas, o trabalho dá certo, as fotos suprem as expectativas de ambos. Em sintonia, o fotógrafo continua a convidar aquele maquiador ou cabeleireiro para trabalhar juntos. E seguem desenvolvendo seus projetos pessoais.

DIANTE DA evidência, com nomes publicados nas principais revistas de moda, cabeleireiros e maquiadores conquistam, além das modelos — suas melhores garotas-propaganda —, mulheres que dariam tudo para ter o mesmo tratamento que elas. E viram clientes. Estrelas também por força do ofício, alguns costumam ser tão ou mais disputados quanto as próprias modelos.

FAZENDO movimentação paralela à que transformou o Rio Grande do Sul num pólo fervilhante do mercado brasileiro de modelos, outros gaúchos também passaram a ser referência nacional no mercado da beleza. Os mais conhecidos — e prestigiados — vivem em São Paulo, descobrindo que o trabalho que desenvolvem está além das fronteiras. Mauro Freire, Duda Molinos e Daniel Hernandez, todos com trajetória iniciada em Porto Alegre, são nomes que viraram sinônimo de moda.

MAURO Freire, que acumula prêmios por trabalhos para editoriais de moda e publicidade, fala de estar no lugar certo na hora certa. Com ele funcionou assim, e Mauro aproveitou todas as chances para exibir o talento de um perfeccionista assumido. Hoje é cultuado por modelos, muitas das quais incluídas na lista de grandes amigas do cabeleireiro. No final dos anos 80, ele trabalhava em dupla com Duda Molinos, outro gaúcho que passou a ser um dos mais respeitados maquiadores brasileiros. Sagitariano e autor de trabalhos que ele define como "naturalistas", Duda chegou a São Paulo e já estreou trabalhando com profissionais como a editora Regina Guerreiro, a empresária Constanza Pascolato, entre as mulheres mais reverenciadas no mundo da moda, e o fotógrafo J. R. Duran. "Nem sabia ao certo a importância e o peso desses nomes quando tudo começou", lembra Duda, que cita a figura do *stylist*, que é como as revistas norte-americanas e européias definem a pessoa que participa, com cabelo, maquiagem e estilo, da concepção das fotos.

DANIEL Hernandez, mais jovem, também gaúcho, começou trabalhando num salão de Porto Alegre, colheu os primeiros elogios de uma série de muitos e completou seu currículo já em São Paulo. Consumidor voraz de revistas, daqueles que descreve uma a uma cada modelo, Daniel foi assistente de Mauro Freire e Duda Molinos antes de seguir para vôo solo. Hoje, dividindo sua agenda entre os estúdios dos melhores fotógrafos e principais revistas e desfiles, ele diz que não virou um concorrente dos seus mestres e sim um complemento deles.

DO INTERIOR de Pernambuco para os estúdios de TV e camarins dos desfiles de moda, Aloysio Modesto, conhecido como Lili, também incluiu seu nome entre os de profissionais famosos. Ele decidiu ser maquiador por influência do grupo Secos & Molhados, com o qual o cantor Ney Matogrosso começou sua carreira, nos anos 70. Aloysio ganhou respeito e prestígio no circuito paulistano de moda certo de que sua missão é deixar a mulher bonita, seja qual for a personalidade em questão.

PARA DIVIDIR aprendizado acumulado ao longo de anos, esse quarteto responde perguntas que qualquer pessoa, com ou sem o desejo de integrar o mundo da moda, gostaria de fazer. Afinal, quando o tema é espelho, eles dão aula de estética, postura e talento.

Eles falam... delas

Qual a primeira necessidade de uma modelo?

Mauro: A mulher tem de se sentir bela para se propor a ser modelo. Em termos práticos, tem de cuidar dela mesma e estar envolvida com isso o tempo todo. Investir nesses cuidados: com o cabelo, a pele, o corpo, sempre de um jeito profissional.

Por que os gaúchos fazem tanto sucesso?

Duda:. São considerados os modelos mais lindos do Brasil, muito em função da estrutura óssea, com as influências alemã e italiana, o que acaba dando ao gaúcho a constituição grande, a pele clara. Têm um padrão de beleza que é mundial.

O que é essencial nas relações de trabalho?

Daniel: Tem de se ser inteligente e criar uma regra básica de relacionamento: sendo diplomático com fotógrafos, maquiadores e modelos.

Maquiagem esconde idade?

Lili: Uma mulher maquiada é uma mulher maquiada. Não é uma criança. As meninas são jovens demais. Você acaba tendo que as deixar com jeito de mulher. Fica lindo sim, mas falta alguma coisa. Por isso sempre preferi mulheres mais velhas. A minha mulher preferida é a de 30, de 40 anos.

Como será a mulher do futuro?

Mauro: A modelo que é o protótipo do futuro — e que acaba sendo de qualquer época — é a mulher elegante, clássica, que consegue imprimir seu estilo em qualquer situação.

Onde está a base de tudo?

Duda: Modelo tem de ter basicamente uma pele linda e um cabelo lindo. Sempre com tratamento adequado, de preferência feito por um médico. As pessoas estão começando a descobrir que a geriatria não é recurso ao qual se recorre a partir dos 50 anos, e sim a partir dos 20 anos. É possível, por exemplo, ir a um geriatra e prevenir qualquer falta de vitamina no organismo.

Mauro Freire

Duda Molinos

O que é estar na moda?

Duda: Trabalho com conceito dentro da moda. Conceito é cabelo, é maquiagem e é atitude. Ajudo a conceber uma imagem porque vai existir uma pessoa dentro dela. Não se consegue mais separar a moda do cabelo ou da maquiagem. É uma coisa só.

Quem está em alta?

Daniel: O Brasil está bem de modelos, principalmente devido ao fato de Shirley Mallmann estar entre as 10 supermodelos do mundo. Há várias outras profissionais trabalhando aqui que merecem aplausos, como Carolina Fagundes e Gisele Bünchen.

Beleza é documento?

Mauro: Beleza não é fundamental. A maioria das modelos não é bela. Nem mesmo Linda Evangelista é. Ela tem classe, tem estilo. A modelo brasileira tem de prestar mais atenção neste detalhe.

Qual o exemplo de modelo?

Duda: A eterna Claudia Liz, que é a pessoa mais politicamente correta que conheço no trabalho. Ela consegue mudar sem perder a personalidade. Ela está sempre pronta para maquiar e fazer o que for necessário em prol do trabalho.

Como se equilibra cabelo e maquiagem?

Mauro: Gosto da expressão da mulher e evito olhos e boca muito pintados. Se ela já tem uma boa expressão no olhar, não precisa de grandes reforços. É esse o raciocínio que sigo.

A beleza é a perfeição?

Daniel: O padrão de beleza não é a perfeição. Pode se ter um nariz grande, olhos separados. Dou muita atenção a sobrancelhas e boca. Mas no final da análise não há traços perfeitos. Vale a harmonia do rosto.

O visual tem de ser mudado sempre?

Mauro: Com certeza. As modelos são muito usadas, aparecem demais numa mesma temporada. O público adora performances e a "mulher camaleão", aquela que muda com freqüência o visual, faz mais sucesso.

De onde vem a maquiagem dos personagens?

Lili: Sempre me inspirei na mulher que está na minha frente. Sempre gostei de respeitar as mais diferentes personalidades. De olhar a pessoa e saber exatamente o que quero fazer. Se a mulher tem naturalmente uma cara despretensiosa, meio de sonsa, reforço essa característica da personalidade.

Quais são os cuidados nos bastidores?

Duda: Tem de se ter uma postura imóvel e cuidado, por exemplo, ao tomar água, ao comer, para não tirar o batom, não estragar a maquiagem, não trincar. A modelo tem de rir com moderação. Não precisa também sair coçando a cabeça, se deitar num sofá, porque ela vai fotografar algumas horas depois que estiver pronto o trabalho do maquiador e do cabeleireiro.

Homens ficam bem de maquiagem?

Daniel: Sou contra maquiagem para homem. Muitos modelos gostam de se maquiar, de corrigir olheiras, de retocar a pele. O homem tem de ser bonito com todos os seus defeitos, com rugas, cicatriz. É uma estética completamente diferente da mulher, que precisa sempre de correções mais sutis.

Com que freqüência se vai ao salão?

Mauro: Depende muito da mulher e do cabelo que ela tem. Se ela tem um bom cabelo, que é possível cuidar em casa, ela pode se dar o luxo de ir ao salão com intervalo de 45 dias. Quando o cabelo é mais crespo, por exemplo, e ela quer um corte mais liso, precisa estar sempre tendo um retoque aqui e ali e ir ao salão toda semana.

Que dicas guardar na cabeça?

Mauro: Não se deve repetir xampu nem cremes porque em muito pouco tempo eles já não agem mais como o esperado. É como se o cabelo se acostumasse com aquele produto. A grande dica é variar: três xampus, três cremes, três óleos. Sempre usados alternadamente.

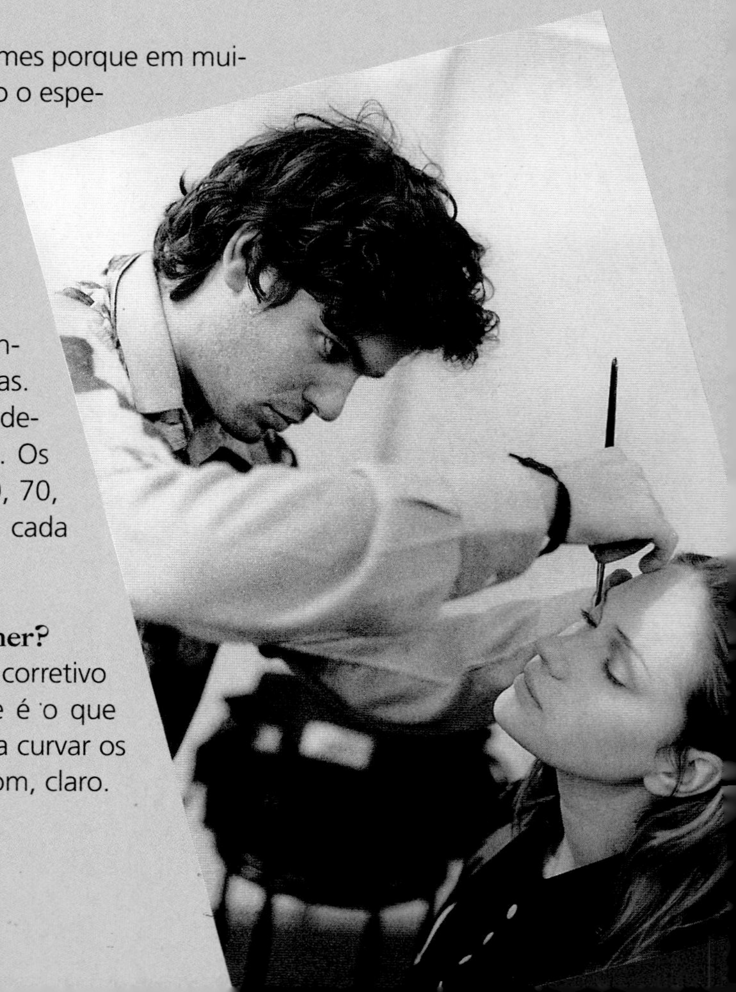

Existe fórmula para criatividade?

Duda: É preciso tomar consciência da dimensão do trabalho dos outros. São referências. Porque tudo, na verdade, já foi feito. O que define os anos 90 é o melhor de cada época. Os anos 90 são os anos 10, 20, 30, 40, 50, 60, 70, 80 e os 90, todos juntos, com ícones de cada época.

O que não deve faltar na bolsa de uma mulher?

Daniel: Um pó facial para tirar o brilho, um corretivo para tirar alguma espinha e um blush, que é o que mais embeleza uma mulher. Um curvex, para curvar os cílios, também é sempre bom. Além do batom, claro.

Daniel Hernandez

Aloysio Modesto, Lili

Como driblar o desgaste?

Mauro: Chego a trabalhar 16 horas por dia, mas é preciso ter um pouco de vida, o seu momento, viver o dia de hoje. Se eu tenho um problema, não costumo dormir com ele até amanhã. Gosto de significar coisas boas para as pessoas. É uma satisfação pessoal. Cada um faz a sua própria estrela.

De onde vem a inspiração?

Mauro: A informação é a base de tudo. Me informo o tempo todo. Me inspiro em atrizes, em filmes, em épocas, na modelo, no fotógrafo, às vezes até no meu mau humor. Tudo me inspira, porque o mais fundamental é gostar daquilo que se faz.

Como se trabalha na TV?

Lili: A televisão é completamente diferente do mundo da moda, onde muitas vezes as pessoas querem pisar umas nas outras. É maravilhoso porque toda a equipe tem seu salário, e o trabalho vem em conjunto. Há pessoas de todos os tipos, e é preciso fazer 30 maquiagens diferentes e depois repeti-las em outras situações. É um desafio.

Como limpar a pele?

Duda: Antes mesmo de sair do trabalho, a modelo deve tirar a maquiagem. É uma máscara colocada sobre tecido vivo. Cada metabolismo é diferente do outro. O melhor é procurar um dermatologista para saber que tipo de creme usar para limpar a pele e mantê-la bem-alimentada e hidratada. Tomar bastante água ajuda também.

O feio pode ficar belo?

Lili: O mundo da moda só tem mulheres bonitas. O que fazemos é realçar ainda mais a beleza delas. Trabalhar no salão é mais: é preciso destacar o que cada pessoa tem de melhor, o que for mais evidente em sua personalidade.

Moda é puro sonho?

Daniel: A moda fica cada vez mais próxima da realidade. O que se via antes eram pessoas intocáveis, que não existiam. A moda e as modelos estão muito mais próximas do mundo real.

Existe cabelo para foto e cabelo para passarela?

Mauro: Foto é magia, não é verdade. Às vezes tem alguma coisa atrás, e o importante é a intimidade com a fotografia. Não dá para ficar preso a detalhes que podem até não aparecer. Na rotina, uma mulher gira em 360 graus. Na foto não, é simulação. Para um desfile, a modelo fica horas por conta do cabelo. Ali não tem truque. É tudo verdade.

Elas amam... as lentes

Genia Winitzki

Ela entrou na sala de Gray Lafer e eu pensei:

— Mas é só isso!

Nada nas capas das revistas me preparara para aquela loura baixinha, já no oitavo mês de gravidez, com os pés tão inchados que mal entravam nos tamancos Dr. Scholl (lembram-se deles?).

Concluí, cá pra mim, na seqüência:

— Meu Deus! Como as fotos mentem!

Ela era Bruna Lombardi. Bonita sim. Mas aquele deslumbramento, aquela majestade impressa, estavam longe do que encontrei.

E eu precisava desesperadamente transformar a mulher inchada, mal-humorada em uma capa para *Fatos & Fotos*.

A produtora trocou o vestido *baby look* por alguma coisa qualquer branca, cheia de paetês. O corte da foto estava previsto — logo abaixo do busto. E o parceiro era, claro, o até hoje marido Carlos Alberto Ricelli.

Maquiagem, cabelo, arma-se o tripé e o fotógrafo, se não me falha a memória fulano de tal, já gozava por antecipação — ele sabia que daria certo. Tudo pronto, Bruna na mira:

— Vamos lá!

Ao simples comando, Bruna sorri e... se ilumina. Mais do que as luzes, mais do que o sol que brilha nos jardins de Gray, Bruna relampeja, vira Bruna, o personagem, a estrela dos milhares de editoriais. A barriga, o inchaço desaparecem. Os olhos azuis cintilam, cúmplices da lente que aponta e capta o mito, que, durante anos, nos sorriu das bancas, seduziu os homens e transformou-se em alvo de inveja das mulheres.

Anos depois, sofri o mesmo impacto com Ana Paula Arósio. Você *booka* Ana Paula e pode-se preparar para a entrada no estúdio de um mulherão que mal fala e apenas sussurra respostas ao se tentar arrancar algo dela. Dá aquela agonia, e a gente começa a duvidar que o editorial vá render. Eu não teria sofrido a meia hora de tortura se já houvesse trabalhado com Ana Paula: ela, como Bruna, tem essa rara intimidade com as lentes — transforma-se em gueixa, em sedutora, em menina; sua boca grande, maleável, macia, faz trejeitos, rende-se às próprias sugestões. Não é preciso dirigir Ana Paula — basta dizer o papel, e ela conhece todas as nuanças, todas as falas, todos os papéis...

Basta, também, agora, de elogios. Para que escrevi tudo isso? Para dizer para você que nem toda a beleza do mundo transforma a mulher em uma estrela de primeira grandeza quando impressa. E a beleza que a câmera captura é feita de algo mais do que traços perfeitos — e está aí, se não me falha a memória, Lauren Hutton, a eterna musa de Giorgio Armani, que aos 50 anos conserva o mesmo diastema (aqueles dois dentes abertos na frente) que a fizeram famosa nos anos 60. Quer mais? Quem passou dos 30 com certeza não esquece Twiggy, a inglesa magrela, um protótipo de Kate Moss, que reinou soberana nos anos 70. Vamos lá, mais um pouco — os olhos de nossa lolita das passarelas, Gianni Albertoni, não tem o mesmo bat-tamanho. Na hora de editar é um sufoco. Mas alguém se importa? Alguém já reparou? Nãããão!!! Outra diva mais recente, Shirley Mallmann. Com seu 1m80cm e orelhas de Dr. Spock, ela tem presença, olhos belíssimos e simpatia, mas daí a dizer que os traços são perfeitos...

— Bem, bem... tudo isso para quê? Você continua se perguntando.

Para lhe dizer que mulheres lindas existem às dúzias sim. E você talvez seja uma delas. Talvez não entre no modelão Cindy Crawford; talvez, também, não consiga criar um gênero apenas bonitinho mais para lá de sofisticado como o de Kate Moss. Mas talvez, quem sabe, você também possa olhar para as lentes e.....

Zig... zag...bum....cabrum!!!

... Descobre que também tem um caso de amor com a câmera, encontra um papel no qual é imbatível, arrasa mais do que a Coelhinha do Mês da *Playboy*, pode reinar soberana.

Vamos lá! Não custa sonhar! Algumas, afinal, estão aí para provar que, muitas vezes, a realidade pode imitar um conto de fadas.

Genia Winitzki
editora especial da Revista NOVA

Silene Zepter

Na rotina de trabalho, Silene Zepter é assumidamente adepta a mudanças radicais: no visual, na forma como se comporta, no jeito de interpretar personagens que ela própria inventa. Começou a trabalhar aos 20 anos, depois de um namoro fugaz com um modelo que visitara a cidade onde ela nasceu, no interior de São Paulo. Se o romance não durou muito, serviu para revelar o destino profissional de um dos nomes prediletos do circuito da moda paulista, ponto de partida para outros vôos da bela.

TRÊS CORES "Sinto necessidade de mudar o visual. Passar para as pessoas várias idéias, personalidades diferentes. Até porque também gosto de me sentir diferente — de estar loira, ruiva, morena. Faço não porque seja moda, mas também por isso. Você age a partir de idéias diversas."

CENTRO DE TUDO "Egocêntrico todo mundo acaba sendo. O fato de ser modelo faz com que as pessoas vejam você de um jeito diferente. Vem com a idéia da estrela que está na revista. É uma profissão como outra qualquer, e só se percebe isso quando se está dentro desse universo. No meu caso, continuo sendo a mesma pessoa até hoje."

Nasceu em Penápolis (SP), em 04-09-70. **Altura** 1m78cm **Manequim** 38 **Olhos** azuis **Cabelos** loiros

INFORMAÇÕES "A cultura conta muito. É preciso estar atenta a todas as situações, buscar sempre o conhecimento. Se tenho de ser como a atriz Marlene Dietrich, um mito, preciso conhecê-la. É uma questão cultural que está ligada ao trabalho. Livros, por exemplo, adoro, e de literatura alemã a temas místicos. Não passo sem leitura."

PERFIL "É a personalidade da pessoa, a maneira de ser o que conta. É lógico que existem os estereótipos, mas a personalidade é o que há de mais forte numa modelo, muito mais do que ela ser bonita, ter um corpo perfeito. A moda é algo que passa, e a personalidade é o que fica."

Gianne Albertoni

Passeando de bicicleta no Parque do Ibirapuera, São Paulo, Gianne Albertoni foi convidada para umas fotos. Desconfiada, foi junto com a mãe para ver do que se tratava. Em curtíssimo tempo já tinha virado top model. Nem bem estreou por aqui e, aos 13 anos, com 1m80cm de altura, chegou a Milão, onde desfilou para Gianne Versace, Valentino, Prada, Giorgio Armani. Tudo numa única temporada. Com agenda sempre lotada, quando consegue tempo para si, Gianne dribla a fama para confirmar que não dá para ser modelo 24 horas por dia, como ela mesma diz.

HIDRATANTE "Como trabalho com o corpo e com a minha beleza, tenho de me cuidar. Se tenho um trabalho amanhã, não vou sair hoje à noite para não estar com aquela cara de sono, cansada. Se tenho um horário, cumpro o horário. E, se é aquilo que o cliente quer, é aquilo que se tem de fazer. Estão me pagando para isso."

ELA POR ELA "A Gianne é uma pessoa tão boazinha. Ela é amiga, bem feliz, adora o que faz, tem uma vida bastante feliz, tem várias amigas. É só saber lidar com ela que fica tudo lindo. Ela fala o que pensa, não fica inventando muito. E não sabe mentir."

ROTINA "Quando estou em São Paulo, acordo às 6h para ir à escola, chego às 13h, saio para trabalhar e só volto à noite. Quando estou viajando, acordo bem cedo para fazer teste, fazer outros trabalhos, e assim a rotina vai seguindo."

AÇÃO "Se a roupa é feia? Tento transformá-la em bonita. Para o estilista, aquela roupa é como se fosse um filho. Quanto mais bonita ele a ver, mais vai gostar. Pode ser a roupa mais horrível que tento mostrá-la como se fosse a mais linda do desfile."

PORTO SEGURO "Graças a Deus, a minha mãe sempre me acompanha. Faço questão. Sinto-me mais segura, e é muito ruim sair sozinha: tem muita gente, tem muita coisa. Ela é a minha melhor amiga."

Nasceu em São Paulo (SP), em 05-07-81. **Altura** 1m80cm **Manequim** 38 **Olhos** verdes **Cabelos** loiros

Adriana Zselinsky

Vanessa Oliveira

Andréa Mognon

Graziela Mertens

Maristane Dresch

Paula Schettino

os modos

Os modos

Celia Ribeiro

O PROFISSIONAL MODERNO sabe que sua imagem, projetada através do comportamento e do visual, é muito importante para causar boa impressão naqueles que são responsáveis por sua contratação. Quando se trata de um modelo então, cujo produto são a beleza e a adequação ao tipo de trabalho ao qual se destina, aqueles atributos pesam muito mais. Somando pontos nos itens de uma avaliação que segue esses critérios, o manequim constrói uma carreira exitosa, equiparando-se a um executivo.

COM A ABERTURA DO MERCADO para modelos adolescentes, estas devem ficar ainda mais atentas ao tratamento dispensado aos representantes de agências e clientes em geral. Boa vontade e humildade para aprender fazem parte de sua postura ao ingressar num mercado altamente sofisticado, pois a modelo tem um pouco de camaleão, transformável de acordo com o tipo de roupa em desfile ou do produto de uma campanha publicitária.

NOS LIVROS DE ETIQUETA para executivos, no capítulo primeira entrevista para emprego, há sempre a recomendação para com o visual correto. Tratando-se de um modelo, a exigência é bem maior. Uma garota usar roupas *sexies*, decotes, microssaias, maquiagem carregada como se fosse subir à passarela causa má impressão. O rapaz deve lembrar que um executivo veste-se de terno ou usa *blazer* e gravata para enfrentar a primeira entrevista. Como é modelo, segue um estilo mais descontraído, Calvin Klein ou Armani, e em vez da gravata pode estar de camiseta. Mas sempre de paletó se estiver se candidatando a um trabalho numa empresa com produtos mais convencionais.

AO ENTRAR O SEU entrevistador no escritório, o modelo deverá levantar-se e corresponder ao cumprimento com segurança, mas sem apertar demais a mão — uma grosseria — ou oferecer apenas a ponta dos dedos. Deve olhar para os olhos da pessoa com quem está falando, revelando toda sua atenção. Nessa conversa preliminar para um trabalho, o tratamento não será íntimo, empregando a terceira pessoa do verbo, sem o pronome.

CHAMAR DE SENHOR ou de senhora um entrevistador de meia-idade distancia a relação; tratá-lo intimamente por você ou tu é inadequado. "Acha que eu tenho chances de entrar neste trabalho com manequins mais experientes?" é o meio-termo ideal.

AO LANÇAR-SE NO MERCADO, o modelo deve providenciar logo um cartão de visita profissional. Há agências que o fornecem para seus contratados. Além do endereço profissional, consta o telefone particular para recados. Por ser uma profissão vinculada à moda, esse cartão pode ser colorido e em sentido vertical. É entregue ao final da entrevista. Também serve para contatos com jornalistas e pode ser enviado, dentro de envelope, acompanhando flores, a uma profissional que prestou gentileza especial ao modelo. O cartão e o book do manequim fazem parte de seu arsenal de promoção como um profissional cuidadoso.

NUMA TEMPORADA DE DESFILES, a convivência pode ser de 12 horas diárias; ensaios atravessam a madrugada. As refeições são feitas em conjunto. É hora de revisar as regras básicas do manuseio de talheres nos livros de boas maneiras e saber, por exemplo, que numa refeição à mesa com mais pessoas, especialmente quando há um coordenador de trabalho, aguarda-se sempre que o companheiro ao lado comece para então se usar os talheres.

QUEM SE INICIA NA PROFISSÃO deve ser bem-educado e atencioso com os clientes, jornalistas, fotógrafos, maquiadores, cabeleireiros e produtores de moda. Os modelos consagrados seguem este mesmo comportamento para manter o status conquistado. Num mercado de trabalho no qual reina a maior competição, esses atributos são ainda mais levados em conta. Atrasos não se perdoa mais. Vedetismos que perturbam o andamento do trabalho estão sendo cada vez menos desculpáveis, não cabendo mais na história de um modelo que sabe conduzir sua carreira para o sucesso internacional.

Celia Ribeiro, jornalista e colunista do jornal *Zero Hora*

Adriana Zselinsky

Adriana Zselinsky virou empresária para continuar no mundo da moda depois de ter acumulado um currículo de 20 anos trabalhando como modelo. Construiu sua carreira entre o Brasil e a Europa, onde se especializou no mercado de catálogos. Integrou a primeira movimentação que levava modelos brasileiros ao mercado japonês. Viveu durante cinco anos na Alemanha, confirmando beleza que já tinha rendido, na adolescência, o título de Miss Porto Alegre e, logo em seguida, a quarta classificação no concurso de Miss Brasil.

FAIXA "O fato de ter sido miss não me acrescentou muito profissionalmente. Claro que valeu, mas acabava ali mesmo. Como experiência, comecei a aprender a encarar uma passarela e, naquele caso, estava também submetida a um júri. Mas o trabalho profissional como modelo começou quando me transferi para São Paulo."

INVERSÕES "Não sei se haveria campo de trabalho para mim se começasse como modelo hoje. As meninas são muito altas e magras. A maioria das agências tem garotas de 14, 15 anos. Aos 20 anos, elas já estão se sentindo velhas, começando a se aposentar."

PRATELEIRAS "O mercado de catálogos tem o diferencial porque a modelo precisa de proporções, equilíbrio de medidas, no estilo de Claudia Schiffer e Cindy Crawford. É um público consumidor que não é formado por adolescentes. Ao contrário, a mulher entre 30 e 40 anos é o consumidor no caso. Às vezes, ainda hoje chego a substituir modelos nos trabalhos. Porque os clientes me procuram e pedem para que eu mesma faça."

Vanessa Oliveira

A carreira da gaúcha Vanessa Oliveira não tem similares. De passagem pela Fenit, uma das feiras de moda mais importantes do Brasil, ela foi vista pelo empresário Humberto Saade e imediatamente convidada por ele para virar top model exclusiva da Dijon, marca à qual o nome da modelo ficou vinculado durante anos. Mais do que garota-propaganda de um estilo de vida, ela virou personalidade, socialite e uma das figuras mais conhecidas do Rio de Janeiro, onde vive atualmente. Hoje comanda seus próprios negócios e acha graça quando se lembra da desconfiança ao receber o convite para viver seu próprio conto de fadas.

MUDANÇA DE HÁBITO "Não imaginava que seria modelo. Na adolescência, em Pelotas, era tipo uma brincadeira. Queria fazer Agronomia ou Veterinária e ir morar numa fazenda. Não foi nada planejado, mas aconteceu, e não tenho do que reclamar. Foi ótimo."

CIDADE MARAVILHOSA "Quando fui convidada para morar no Rio, lógico que fiquei desconfiada. Vivia no Interior, e o medo era natural naquele momento. Demorei um pouco a acreditar. Viajava com a minha mãe, ficava uma semana e voltava para Pelotas, para ver se a proposta era séria e para me adaptar também. Há muitas pessoas legais, mas há também aquelas que não são nada profissionais."

DIFERENCIADA "Comecei como modelo exclusiva da Dijon. Recebia um salário fixo por mês independente de ter mais ou menos trabalho. Era garantido. Foi um começo diferente. Nunca precisei, por exemplo, percorrer as agências, viajar para lá e para cá com o book debaixo do braço."

Andréa Mognon

Apaixonada pelo escritor Nelson Rodrigues, Andréa Mognon, criança ainda, já não conseguia ficar fora do grupo de teatro da escola. Era só uma pista de uma série de outras características que a levariam para o mundo das artes. Modelo, ela assumiu desde sempre a preferência pela câmera de TV, sem deixar de criar personagens para moda ou publicidade. Concorrendo com duas centenas de interessados, garantiu sua vaga na disputada oficina de atores da Globo, onde, aliás, já surgiu nas aberturas do *Fantástico*, da minissérie *Engraçadinha* e em várias participações especiais. Atriz, modelo e empresária, é maníaca por trabalho. E jamais se arrepende de tanta dedicação.

Nasceu em Canoas (RS), em 24-01-68. **Altura** 1m70cm **Manequim** 38 **Olhos e cabelos** castanhos

PESSOAL E INTRANSFERÍVEL "Sempre gostei de fazer fotos mais over: com cigarro na boca, olho borrado, às vezes um personagem mais depressivo, dentro da água, gritando, pulando, saltando, criando situações diferentes. Nunca gostei daquela cena mais parada. Até acho romântico em alguns casos, mas me remete à idéia da mesmice."

PROVA DE FOGO "Um dos aspectos negativos na carreira de modelo, no meu ponto de vista, é que se passa a vida inteira sendo avaliada, como se existisse um júri permanente. O que deveria ser o primeiro momento da carreira de uma modelo acaba durando a vida inteira."

MÚLTIPLA "O meu trabalho, além de modelo, é de atriz e empresária. Cada um deles me realiza. Não consigo mais parar. No plano pessoal, claro que todo mundo quer encontrar a sua alma gêmea, mas o trabalho é a coisa mais importante da minha vida. É a arma com a qual se pode mostrar o talento."

RUMOS "O fotógrafo é o diretor que consegue tirar da modelo o que ela tem de melhor. Ou ele descontrai, ou inibe a modelo que tem a emoção. Quem está fotografando deve deixar essa emoção ainda mais evidente."

Graziela Mertens

O sonho de Graziela Mertens era ser médica. Chegou a trabalhar como enfermeira numa clínica até o dia em que apareceu a chance de surgir num comercial de televisão. Fez o trabalho e, na seqüência, a convite do diretor Jorge Furtado, ganhou outra aparição na tela, agora no *Programa Legal* que Regina Casé e Luiz Fernando Guimarães apresentavam na Rede Globo. Daí até ser convidada para integrar uma agência, foi tudo muito rápido. Desde então, a gaúcha empresta sua beleza para cenas das mais variadas.

DIFÍCIL "É uma ilusão o que a maioria das pessoas pensa: que a vida de uma top model é fácil, que é simples ganhar rios de dinheiro. Há dificuldades, por exemplo, em morar numa cidade como São Paulo, dividir apartamento com cinco, seis pessoas. Para quem vem de fora, há a solidão, a falta da família. Tem de se ter muita força de vontade, pois as coisas não caem do céu."

CABEÇA "A mente da gente é uma coisa superpoderosa. Cada vez que as pessoas tentam me botar para baixo, mais feliz eu fico, mais para cima. Demonstro para as pessoas que coisas mesquinhas não me atingem. Confio em Deus, rezo todas as noites, peço-lhe para que me ajude a encontrar sempre o caminho certo. Sou muito apegada a Deus."

CONCORRÊNCIA "Sou fã número um de Shirley Malmann. Vi quando ela chegou a São Paulo, e nenhuma outra brasileira chegou aonde ela está. De um milhão de meninas que tentam a carreira de modelo, uma consegue o que ela conseguiu. Sou fã também da Luciana Curtis, que é maravilhosa, dona de um rosto perfeito. Gosto muito de Silene Zepter, que é uma supermodelo. E da Carolina Fagundes, que sabe se transformar, é muito versátil."

Nasceu em Porto Alegre (RS), em 19-09-71. **Altura** 1m72cm **Manequim** 38 **Olhos** castanhos **Cabelos** loiros

Maristane Dresch

Não foi por acaso que Maristane Dresch passou cinco anos estudando teatro. Desde que começou a fotografar, ela percebeu todas as outras chances que teria se somasse à beleza outros aprendizados. Abriu novas frentes de trabalho. Na televisão, já fez participações especiais em novelas da Globo, trabalhou com Goulart de Andrade e Otávio Mesquita, virou apresentadora de um programa de estética e beleza patrocinado pela indústria de perfumes e cosméticos O Boticário. Exibiu ainda a maior desenvoltura na cobertura, para um canal de TV por assinatura, do Morumbi Fashion, em São Paulo. No teatro, conheceu Bibi Ferreira e vários outros nomes importantes que passaram a freqüentar o círculo profissional da gaúcha, que estreou oficialmente num editorial para o jornal *Zero Hora*.

CÂMERA E AÇÃO "Meus trabalhos sempre estiveram muito voltados para a televisão. Mesmo na agência, com indicações para campanhas de beleza, de cosméticos. Sempre fotografei e interpretei mulheres chiques, classudas, que inspiram confiança."

PROTEÇÃO "Já fiquei sem tomar sol durante cinco anos. A pele tem de estar sempre legal, e, quando tomo sol, fico superbronzeada, o que dificulta os trabalhos. Nesse meio, mulher bronzeada não é a melhor opção. Às vezes você faz um trabalho de biquíni e mais nada. A procura é sempre por aquelas que têm uma imagem mais européia."

Nasceu em Lajeado (RS), em 09-10-71. **Altura** 1m65cm **Manequim** 38 **Olhos** verdes **Cabelos** castanhos

PAULA SCHETTINO

Nasceu no Rio de Janeiro (RJ), em 11-02-72. **Altura** 1m78cm **Manequim** 38 **Olhos** verdes **Cabelos** castanhos

a

inter

pretação

Betty Prado

Claudia Liz

Boniteza não põe mesa

Por Cecil Thiré

FOI-SE O TEMPO... Assim como o cachê da cigarra anda bem mais alto do que o da formiga, o antigo dito popular "boniteza não põe mesa" perdeu o sentido. Foi fulminado pelos sonhos de desdobramento de Daguerre e dos irmãos Lumiére. Hoje a boniteza é coroada de sucesso. As palavras mágicas "luz, câmera, ação" consagram cada vez mais o belo palminho de rosto, o "rapagão", a "pantera", o "avião". O belo do ser humano move as engrenagens das máquinas de propaganda, da comunicação e do entretenimento. E geralmente tudo começa com um simples clique.

MAS QUANDO novas fornadas de belas faces e corpos invadem as telas da TV e dos cinemas, os que já estão na profissão manifestam indignação diante do que eles imaginam ser critérios de seleção: bons papéis destinados a quem tem primeiro a beleza; aptidão e talento acabariam entrando no fim da fila dos pré-requisitos, pesando bem menos na balança. "É o critério do consumo invadindo a arte." Ou: "a TV está nivelando tudo por baixo, antes não era assim".

NÃO CONCORDO nem faço coro. Não sinto essa indignação até porque minha memória sugere que isso não é novidade. A maioria — entre nós, atores e atrizes — foi recrutada pelo aspecto físico sim. (Eu mesmo quando comecei tinha cabelos e era bonitão...)

NÃO FAÇAMOS julgamentos sobre o talento de principiantes de outrora. Quero crer que tinham, e muito, ao começar. Mas é indiscutível que o tempo, o exercício da profissão e o amadurecimento contribuíram para o aprimoramento e os levaram à plenitude da arte de representar, tornando-os os veteranos de hoje, os grandes artistas que são.

TENHO CERTEZA também de que esse critério, essa noção de que o público anseia por beleza, é um conceito bem antigo e universal. O cinema americano, italiano, francês, todos enfim, nos mostram gente bonita desde os tempos em que era mudo ou em preto-e-branco. Paulette Goddard, Rodolfo Valentino, Marylin Monroe, Brigitte Bardot, Sofia Loren, Vanessa Redgrave, Marcelo Mastroiani... Todos lindos! Assim como no Brasil, se não foi o critério principal, quero lembrar o quanto pesou na "fanzocagem" do público a beleza de Paulo Autran, Maria Della Costa, Tônia Carrero, Eva Wilma, Irene Ravache, Walmor Chagas, Sérgio Brito, Regina Duarte, Jorge Dória e tantos e tantos amigos e amigas diante de cuja arte nos curvamos respeitosos, aplaudimos entusiasmados.

A BELEZA nos abre portas para a arte, mas também a arte abre portas da beleza em nós. Quem conseguiria negar que Fernanda Montenegro, Regina Casé, Chico Anysio, Ítalo Rossi, entre outros muitos, são lindos! E tantos! E tão lindos!

QUANDO é um engano, um belo meteoro que passa, o tempo e as novidades se encarregam de abandoná-lo ao esquecimento público. Portanto, bem-vindos os belos que se tornam artistas e os artistas que se tornam belos!

Cecil Thiré é ator e diretor de teatro e televisão.

Betty Prado

Betty Prado foi a primeira modelo brasileira a ganhar o Look of the Year, em 1982, quando também pela primeira vez a Ford Models esteve no Brasil para escolher uma representante para participar da etapa internacional do concurso. Betty ficou com o segundo lugar na final, em Nova York, e aos 16 anos marcou passaporte livre planeta afora. Estreou com Steven Meisel, um dos fotógrafos mais respeitados quando o assunto é moda. Desfilou para as marcas Moschino, Dolce & Gabanna e estrelou campanhas para Calvin Klein. Voltou ao Brasil, depois de anos fora, como uma das madrinhas da moda nacional, coordenando um dos principais eventos, o Phytoervas Fashion, em São Paulo. Estudou interpretação, já ganhou elogios no cinema e tem uma personalidade tão marcante quanto sua carreira.

AFETO "O trabalho da gente é um trabalho difícil. É duro conciliar: durante anos abri mão disso, eu abri mão em função da minha carreira. Pois era impossível ter uma relação com alguém, principalmente se não fosse do meio, pois jamais entenderia o fato de eu estar hoje aqui e amanhã ter de estar em Londres, Paris... Isso inviabiliza qualquer tipo de relação."

VALORES "Acredito no meu caráter e nos meus valores próprios. Tenho alguns valores que carrego comigo desde pequena que nunca vão mudar, não importa onde eu esteja, o que estiver fazendo. São valores que vou carregar para o resto da minha vida porque são básicos. Fazem parte da minha personalidade e acredito neles. Não são coisas que alguém vai poder corromper. São meus, e ponto. São a honestidade e a humildade a ponto de reconhecer erros."

MOVIMENTO "Odeio ginástica, nunca fiz. Mas um outro lado legal, que acho que supre um pouco essa falta, é o fato de eu adorar o campo. Tenho uma fazendinha onde tenho contato com a natureza: ando a cavalo, tomo banho de cachoeira, faço grandes caminhadas no meio do mato. É uma necessidade estar em contato com a natureza. É uma terapia. Tudo isso é necessário para a cabeça ficar sã e legal."

CINDERELA "Não vale a pena acreditar que o mundo caiu aos seus pés. A carreira de modelo é muito instável. Tem de se ter preparo psicológico e uma estrutura de vida. É muito difícil ter isso com 14, 15 anos. Mas se precisa buscar em algum lugar, com os pais, nas agências, no advogado. Já vi muita gente estourar de uma hora para outra e não durar um ano e meio."

Nasceu em Sumarezinho (SP), em 30-11-64. **Altura** 1m76cm **Manequim** 38 **Olhos** verdes **Cabelos** castanhos-claros

Claudia Liz

Durante anos seguidos, Claudia Liz permanece como grande referência das modelos brasileiras. Taurina e amiga fiel, sempre assumiu que, graças a uma face atriz — já exercitada em novelas e no cinema —, interpretou as roupas que vestiu. Do time das profissionais mais famosas e respeitadas no mundo da moda, virou personalidade ao pular dos estúdios e passarelas para as telas da TV e do cinema. Já viveu uma top model em novela da Globo, atacou de motoqueira no SBT e foi chamada de "atriz nata" quando estreou no cinema. Linda e versátil, Claudia, que nasceu no interior de Goiás, se dá o luxo de só trabalhar quando considera que a produção vai suprir as necessidades profissionais de um dos nomes mais prestigiados no mundo da moda.

DOIS CAMINHOS "No caso da fotogenia, dentro dos diversos tipos de modelos, há dois que se destacam: aquela que é perfeitamente correta, plástica, maravilhosa, que é superfotogênica; e aquela outra que tem espírito fotogênico, que é a inspiração que você capta sem se prender a detalhes do rosto, mas se prendendo a uma magia que a foto dá. Me enquadro no segundo caso."

FONTES "Busco inspiração nas cores, nas formas, no ar de alguém, no jeito de um fotógrafo, por exemplo. Como ele anda, a forma como age. Sou uma observadora, e muito rápida. Tem gente que é muito quieta, calada e fica observando. Faço isso com rapidez."

SINTONIA "Às vezes as pessoas estão ali sem estar sintonizadas no que estão fazendo. Não procuram a arte, a inspiração. O fotógrafo só quer poses e não está interessado em captar nada. Isso me incomoda bastante, porque já passei desse estágio. Mas, se ainda acontece, tudo bem: você liga o automático e vai."

Nasceu em Goiânia (GO), em 06-05-69. **Altura** 1m80cm **Manequim** 40 **Olhos** castanhos **Cabelos** loiros

ENCAIXE "Me considero uma pessoa encaixada no lugar certo. Quando isso acontece, as pessoas brilham, estão em troca permanente com o meio em que vivem. Estão no lugar certo, se alimentam daquilo, tem a gasolina certa. O combustível certo. E, por conseqüência, são lindas."

CAMARIM "Desde pequena pinto, brinco de dançar, escutando música e criando estórias. Sempre tive sensibilidade artística, mas não sabia onde me expressar e a vida foi me levando. Acredito que ela vai te levando ao encontro de tudo: amor, trabalho e conhecer a si mesmo e ao teu caminho espiritual."

retrato de modelo

CONCEPÇÃO, ENTREVISTAS E FOTOS
LISETTE GUERRA

REDAÇÃO E EDIÇÃO
SÉRGIO RIBAS

DIREÇÃO DE ARTE
CARLOS BAPTISTELLA

REVISÃO
SÉRGIO GOMES

LABORATÓRIO E AMPLIAÇÃO DE FOTOS
BERNARDINO GOMES (DIDI)

EDITORAÇÃO ELETRÔNICA
LUZIA BRANDT / ABCGRAFIA

PRODUÇÃO
EDEN MATARAZZO, MARIO LORENZON, STELLA PELISSARI, VIVIANE GIL

CABELOS E MAQUIAGENS
CESAR AUGUSTO, DANIEL HERMANDEZ, DUDA MOLINOS, JORGE COSTA, LILI, LISIA COLARES, MARA PACHECO, MARCOS COSTA, MAURO FREIRE, MIGUEL COSTI, NECA RABELLO, RONALDO ABREU, ROSANA ANTUNES, VERA RUSSOMANO

COORDENAÇÃO GERAL
LISETTE GUERRA

agradecimentos

Meu sincero obrigada a: Sérgio Ribas, pelo encontro, pela sintonia • Carlos Baptistella, pela harmonia da forma • Cecil Thiré, Celia Ribeiro, Fernando de Barros, Gênia Winitzki, José Antônio Pinheiro Machado, Luis Fernando Verissimo e Roberto Ethel, pelo "empréstimo" de tanto talento • Jaqueline Concer, Marco Aurélio de Rey e Rosângela Caldeira, da Ford • Maria Carvalho e Gustavo Vicenzotto, da Mega • Nádia Lopes e Zeca Abreu, da Elite; Ina Sinisgalli, por tanta paciência • Luiz Americano, Dr. Elias Marcos Guerra e Ana Alcover, por motivos vastos • Sérgio Gomes, Rogério Nolasco, Iara Silva, mais o pessoal da Zero Hora, pelo zelo e empenho • Didi Gomes e Márcia Milchareck, do estúdio, do coração e da rotina • Antonio Moreira Jr., pelos organogramas, planejamento e amizade • Jorge e Tereza Ralston, pelo carinho no Jardim América • Déa Coufal, por Ipanema, e Simone Schaeffmacher, pela Lagoa • Ivan Pinheiro Machado e Paulo Lima, pela edição • Marcos Dvoskin, pela aposta neste sonho • Tito e Nia Guerra, por terem garantido minha passagem pela terra • E a cada um dos modelos, produtores, cabeleireiros e maquiadores, pela beleza pura.

Com carinho

Lisette

A Autora

Ariana convicta, Lisette Guerra é formada em Jornalismo, Publicidade e Propaganda pela PUC de Porto Alegre. Gaúcha de Iraí, começou a fotografar nos anos 70 confirmando sua predileção pelas imagens.

Desde o começo da carreira, percebeu que seu foco tinha um alvo certo: assumidamente preferia fotografar gente, sua matéria-prima especial. Ao longo de oito anos trabalhando na imprensa diária, especializou-se em fotografia de moda, montando um dos estúdios mais disputados de Porto Alegre. Fez seis exposições individuais entre 1985 e 1996. Suas fotos já estiveram em exibição na Argentina e em Nova York. *Retrato de Modelo* reúne fotos realizadas nos anos 90.

L&PM EDITORES

ZERO HORA

Retrato de Modelo é, da primeira à última página, uma obra sobre o belo. Melhor ainda: seus personagens são reais e podem a qualquer momento aparecer no *outdoor* da esquina, na tela da TV, na revista que ainda se vai comprar ou, quem sabe, na próxima passarela onde eles vão surgir.

Antes de ser um pretensioso manual sobre padrões estéticos ou medidas exatas, este livro é um registro de muitos trabalhos. Começando pelo da fotógrafa Lisette Guerra, cujas trilhas profissionais andam repletas de gente bonita. Ela escreve sua história com argumentos imbatíveis: técnica, sensibilidade, talento, intuição e disciplina. Para testemunhar e, à sua maneira, participar também da carreira de alguns dos modelos mais requisitados do hoje milionário mercado da moda.

Retrato de Modelo é um painel deste mundo fascinante, do *make-up* às passarelas, um universo de *glamour* que sustenta um poderoso ramo da economia internacional. Este livro foi possível graças ao apoio do jornal *Zero Hora* de Porto Alegre.

ISBN 85-254-0710-0
9 788525 407108